KB074413

글자를 옮기는 사람

MOJI ISHOKU
by Yoko Tawada

다와다 요코
글자를 옮기는 사람

유라주 옮김

wo
rk
ro
om

일러두기

이 책은 다와다 요코(多和田葉子)가 일본어로 쓴 『글자를 옮기는
사람(文字移植)』(도쿄, 가와데쇼보신샤[河出書房新社], 1999년)을 한국어로
옮긴 것이다. (초판은 1993년 '알파벳의 상처[アルファベットの傷口]'라는
제목으로 발행되었다.)

본문의 주는 모두 옮긴이 주다.

본문에 병기한 원어(독일어, 일본어 등)는 옮긴이가 재량으로 적었다.

원문에서 강조된 부분은 방점으로 구분했다.

차례

작가에 대하여

다와다 요코(多和田葉子, 1960-)는 독일어와 일본어로 소설, 시, 희곡, 산문을 쓰는 작가다. 도쿄에서 태어나 1982년 와세다 대학교 러시아문학과를 졸업하고 독일로 건너가 1987년 시집『네가 있는 곳에만 아무것도 없다』로 데뷔했는데, 일본어로 쓰인 시가 번역되어 책에 일본어와 독일어가 나란히 실렸다. 이듬해 독일어로 처음 쓴 단편소설『유럽이 시작하는 곳』이 출간되었고, 1991년에는 일본어로 쓴 단편「발뒤꿈치를 잃고서」로 군조 신인 문학상을 받았다. 다와다 요코는 독일에서 샤미소상, 괴테 메달, 클라이스트상 등을, 일본에서 아쿠타가와상, 이즈미 교카상, 다니자키 준이치로상, 요미우리 문학상 등을 받는 한편 독일 문학을 공부해 1990년 함부르크 대학교에서 석사 학위를, 2000년 취리히 대학교에서 박사 학위를 받기도 했다. 작가가 30여 년간 쓴 작품은 약 30개 언어로 번역됐으며 1천 회 이상 낭독회가 열렸다.

한국에 소개된 다와다 요코의 작품으로는『눈 속의 에튀드』,『여행하는 말들』,『헌등사』,『용의자의 야간열차』,『영혼 없는 작가』,『목욕탕』,『경계에서 춤추다』,『개 신랑 들이기』,『지구에 아로새겨진』등이 있다. 그 밖에 중편집『세 사람의 관계』, 단편집『고트하르트 철도』,『데이지꽃 차의 경우』,『구형 시간』, 장편소설『벌거벗은 눈의 여행』,『보르도의 친척』,『수녀와 큐피드의 활』,『뜬구름 잡는 이야기』등이 있으며, 장편소설 3부작 중『별빛이 아련하게 비치는』, 시집『아직 미래』등이 최근 출간되었다.

이 책에 대하여

한 언어를 다른 언어로 치환하는 번역은 원문이라는 제약 아래 재창조된다. 그 과정의 한가운데에 매개자가 있다. 언어와 언어 사이의 매개로서 번역가는 출발 지점에서 도착 지점까지 언어를 언어로 이동시키는 존재다. '옮긴이'의 '옮김'을 통해 말들이 여행한다.

　　이 책의 일본어 원제는 '文字移植'이다. 그대로 옮기자면 '글자 이식' 정도가 될 제목을 두고, 이 책의 옮긴이는 '글자를 옮기는 사람'이라는 표현을 택했다. 한국어에서 '번역'이 '옮김'으로, '번역가'가 '옮긴이'로 통용되는 점을 적극적으로 반영한 결과다.

　　한 섬을 방문한 번역가가 그곳에서 번역하는 과정을 다룬 이 이야기에서, '나'는 글을 몸으로 겪는다. 독일 작가 안네 두덴의 단편소설 「알파벳의 상처」를 자신의 모국어로 옮기는데, 옮겨진 "글자들의 무리"가 문장을 이루지 못한 채 중간중간 파편으로 등장하면서 '나'의 몸도 이곳저곳 조금씩 아프다. 소설 속에서 옮겨진 글의 일부와 그 일부를 옮긴 주인공의 몸이 맞물리며 '변신'의 과정을 몸으로 매개하는 옮긴이라는 존재를 다시금 상기시킨다.

　　'변신'의 앞과 뒤는 서로 닮아 있다. 소설에서 작가와 번역가는 종종 동행하는데, 그러다 염소 떼를 만난다. "맨 앞에 있는 아주 작고 여윈 검은 염소"를 보고, 한참 후 끝마무리로 "처음에 나타난 것과 꼭 닮은 작고 검은 여윈 염소"를 본다. 글은 열린 채 닫힌다. "작가에게서 무언가를 받아들인다는 실감은 있었다. 그리고 받아들인 것을 다시 던지지 않는 것도 아니다. 다만 어디를 향해 무엇을 던지고 있는지 잘 모를 뿐이었다."고 말했던 번역가는 결국 바다를 향해, 바다에 들어가게 될지 그렇지 않게 될지 알지 못하면서, 계속 달려간다.

9

"다와다 요코는 다른 사람이 이야기를 하게끔 만드는 글을 쓰는 작가라는 생각이 든다. 바통을 건네는 릴레이 선수처럼. 이 책도 읽는 사람에게 글자, 글, 번역이라는 바통을 건네고 그것을 이야기하게 한다."(「옮긴이의 글」 중에서)

'엑소포니, 모어 바깥으로 떠나는 여행'이라는 부제를 단 다와다 요코의 『여행하는 말들』을 한국어로 옮겼던 옮긴이의 새로운 제안이 '제안들'의 끝마무리로 미리 변신했다. 다와다 요코는 언어와 언어 사이 틈새에서 말들을 찾아내며 글을 쓰는 작가다. 문학작품들의 여러 틈새에서 '제안들'이 그렇게 발견된 말이 되기를, 발견된 말들이 재발견되면서 스스로 거듭 변신해 가기를 바란다. 편집자 역시 옮긴이의 제안을 '제안들'로 받아들일 수 있게 되어 큰 영광이다.

편집자

에서, 약, 구십 퍼센트, 희생자의, 거의 다, 항상, 땅바닥에서, 누운 사람, 으로서, 죽을힘을 다해 들어 올린다, 머리, 구경거리로 삼아져, 이다, 공격 무기, 또는, 그 끝, 목에 찔린 채, 또는….

나는 칼이라도 쥐듯 만년필을 갈마쥐고 창밖으로 눈을 돌렸다. 거무칙칙한 선인장이 드문드문 솟은 모래색 언덕길이, 누가 얼마나 기냐고 물어봐도 답할 수 없게끔 가까운 듯 먼 듯 계속 뻗어 가더니 바나나 밭의 음산한 물결에 삼켜졌고, 그 건너편에는 바다가 보였는데 바다가 어디서부터 하늘로 이어지는지 경계선 같은 건 조금도 보이지 않았다. 바다가 올라가 조금씩 하늘로 변하는 것도 아니고 바다와 하늘이 국경을 사이에 둔 두 나라인 것도 아니고 서로 전혀 닿지 않은 채 있으니 이 둘을 색이 이어진 풍경화처럼 보는 건 이상하다. 나는 여행을 떠날 때마다 풍경이 기어이 풍경화로 보이고 마는 것이 못마땅했다. 더구나 나는 이 카나리아 무리섬에 여행차 온 것도 아니고 무심코 창밖으로 시선을 던졌을 뿐인데 관광객의 시선으로 바다를 보는 것 같아서 창피했다.

자줏빛 바다에 줄무늬가 언뜻 보여 내심 파도라고 생각했는데, 그 줄무늬는 꽝꽝 언 것처럼 아예 움직이지 않았다. 그러니 그건 파도 같은 것이 아니라 다른 원인으로 생긴 줄무늬일지도 몰랐다. 그리고 바다는 역시 멀었을 것이다. 멀리 떨어져 있으면 움직이는 것도 멈춰 있는

11

것처럼 보이곤 한다. 이를테면 달도 움직이고 있는데 멈춘 것처럼 보이지 않는가. 그렇게 생각하면 파도가 치지 않는 것도 놀랄 일이 아니다. 파도 소리도 들리지 않고 비릿한 해초 냄새도 물고기 죽은 냄새도 나지 않는 곳을 바라보니 역시 바다는 분명히 멀리 있었다. "바다가 보이는 집"이라고 한 친구의 말이 거짓은 아니었지만 바다가 '보이는' 곳이긴 해도 멀다는 사실. 거기에 불만은 조금도 없었다. 수영을 즐기지 않기에 바다 따위 가깝든 멀든 상관없었고 오히려 먼 쪽이 신경도 쓰이지 않고 훨씬 좋았다.

반대로 바다와 달리 그 앞에 있는 바나나 밭은 바람이 불 때마다 무거운 잎이 한꺼번에 사각거리는 것처럼 보였는데 원래 바나나 밭은 멀리 있었다. 어제 다녀온 참이라서 가깝게 느껴지지만 걸은 거리가 상당했음을 떠올리면 가깝다고 말할 수 없었다.

바나나 밭을 떠올린 순간 오른팔이 가려웠다. 특히 손목 부근과 팔꿈치 근처가 시큰거리고 가려워서 창문 밖으로 팔을 내밀어 햇빛에 닿게 했더니 모공만 두드러질 뿐 별다른 이상은 없었다. 나는 햇볕이 세면 피부가 가렵곤 했다. 신경 쓰일 정도의 가려움은 아니었는데 바나나 밭을 생각하자 갑자기 참을 수 없이 가려웠다. 적어도 가렵게 느껴졌다. 가렵게 느껴서 가렵나 하고 햇빛에 비추며 확인하는데 점점 더 가려웠다. 가렵게 느껴서가 아니라 진짜 가려운 것 같았다. 하지만 요즘 이런 알레르기는 얼마든지 있거니와 피부 알레르기가 없는 여성은 만나 본 적이 없다. 그러니 크게 신경 쓰지 않기로 했다. 나는 그릇장에 수건이 들어 있는 걸 보고 시멘트 냄새가 약간 나고 낡은 그 수건을 꺼내서 수돗물로 적신 다음 오른팔에 감았다. 이 집엔 있을 건 다 있었는데 수건은 누가 언제 어떤 식으로 마지막으로 썼는지 알 수가 없었다. 친구의 형제자매인 남자 내과 의사가 이 집을 이른바 '별장'으로 구입한 때가 십 년 전이었거나 아니면 좀 더 오래전이었는데 그 뒤로 정작 본인은 섬에 올 시간이 없었고 친척이나 친구들한테 아량 있게 빌려주고 있었다. 자기가 가는 것보다 다른 사람이 간 모습을 상상하는 편이 더 즐겁다고 내과 의사가 말했을 때 처음엔 속에 없는 말이라고 생각했다. 그런데 몇 번인가 식사에 초대받아 둘이서 얘기를 나누고부터는 진짜일지도 모른다고 생각했다. 그래서 그 사람이 나한테도 이 섬에 가 보라고 두 번이나 권유했는데 두 번 다 딱 잘라 거절했다. 나는 원하지 않는 건 망설이지 않고 원하지 않는다고 말하는 쪽이었고 반대로 망설이면 나중에 마음에 걸릴 때가 더 많았다. 내가 섬에 있는 모습을 내과 의사가 계속 상상하는 걸 알면서 섬에 머문다는 사실이 왠지 창피했고 그 이유로 거절했다. 그 밖에도 스스로도 잘 설명할 수 없는 이유가 여럿 있었다. 하지만 내과 의사가 세 번째로 권유하자 갑자기 엄청 섬에 가고 싶어졌다. 그 사람은 "혼자서

13

는 가지 않는 편이 좋아요." 하고 말했으나 나는 결국 혼자 왔다. "남자라면 절대로 혼자 가지 말아야 하는데 여성이어도 혼자는 안 좋아요." 내과 의사는 전화로 충고했다. 나는 "난 혼자여도 상관없어요. 관광객이 아니니까요." 하고서 혼자서 왔다.

수건은 처음에는 차갑고 무거웠는데 내 팔의 화끈거림에 바로 뜨뜻미지근해졌고 이내 빠르게 말랐다. 팔을 천천히 굽혀 봤더니 수건이 팔 모양 그대로 딱딱한 깁스가 됐다. 나는 움직이지 못하게 된 오른손에 왼손으로 만년필을 쥐어서 다치기라도 한 듯이 있어 봤다.

벌린 입속, 목에, 찔려, 혀 밑에는, 못이 박혀….

내일 아침 게오르크가 날 찾아 섬에 올지도 몰랐다. 내일은 공항과 항구 모두 아침이 국제선으로 붐비는 수요일. 만약 게오르크가 온다면 내일 말고는 없었다. 그 탓에 나는 안정이 되지 않았다. 오늘 중으로 일을 끝내지 않으면 마감에 맞추지 못하게 되고 그러면 더 이상 일이 문제가 아니게 된다. 나는 섬에 올 때부터 '소설' 번역을 빨리 끝내야 한다는 생각뿐이었는데 정작 실제로는 아무것도 하지 않고 있었다. 이제 하루밖에 안 남았는데 뭘 어떻게 옮겨야 되는지 전혀 감이 잡히지 않았다. 두 페이지밖에 되지 않는 이 글자들의 무리를 정말로 '소설'이라 불러도 좋은지도 나는 감이 안 잡혔다. '소설' 하면 다른 사람한 테서 받은, 오래 입어서 천이 부드러워진 겉옷 같은 느낌이 있는데 그와 다르게 이 글자들의 무리는 햇볕이 달군 모래알처럼 살에 껄끄럽고, 팔을 스르륵 넣어 겉옷을 입듯이 읽기를 시작할 수가 없다. 나는 겉옷이 아니라 달군 모래알을 입고 걷고 있다.

'희생자[Opfer]'란 단어는 O로 시작했다. 그 O가 첫 페이지 가득 여기저기 흩어져 있어서 눈이 갔다. 흩어져 있다기보다는 O가 종이를 좀먹어 종이가 O로 가득 뚫려 있었다. 더구나 그 뚫린 곳들은 들여다볼 수 없도록 벽으로 막혀 있었는데 그 벽을 만든 흰 종이는 점점 뚫기 힘들게 느껴졌다. 나는 만년필로 O 안을 새까맣게 칠해 봤다. 그랬더니 마음이 조금 편안해졌다.

바나나 밭은 교도소 같은 곳이었음을 어제 처음 알았다. 처음엔 그게 뭔지 몰랐다. 회색 콘크리트 블록을 쌓아 철사로 고정해 놓은 걸 보고 헉 하고 놀랐을 뿐이다. 높이가 이 미터쯤 되는 그 벽은 길을 따라 한없이 계속 이어졌는데, 걸어도 걸어도 끝나지 않아 참지 못하고 블록 틈새로 얼굴을 바짝 갖다 대고 안을 들여다봤더니 바나나 나무가 일정한 간격으로 줄지어 심어져 있었다. 아래로 늘어진 바나나를 파란색 반투명 비닐봉지로 싸서 꼭지 부분을 끈으로 꽉 묶어 놓았다. 비닐봉지 안쪽에 수증기가 가득 차서 물방울이 조금씩 흘러내리는 모습이 비쳤다. 놀랍게도 나무들이 난 땅은 평평하고 반질반질해서 잡초 하나 없었다. 더구나 주변은 너무나 조용해서 동물이 내는 소리가 들리지 않았다. 새도 없었고 벌도 개도 없었다. 조금 걷자 벽에 문이 하나 달려 있었는데 허리를 굽혀야 들어갈 수 있는 양철로 만든 작은 문이었다. 문이 찌그러져서 당장이라도 열릴 것 같았는데 밀었더니 잠겨 있었다. 문 옆에는 합판으로 만든 간판이 서 있었다. 간판에는 흰 페인트로 해골 그림이 그려져 있었다. 해로운 약을 뿌렸으니 들어가지 말라고 그림 밑에 어설픈 글씨로 써 놓았다. 들어가는 순간 해골이 되는 독한 농약이라도 뿌린 걸까 하고 생각하니 반대로 더 잠입하고 싶어졌다. 주변을 둘러보니 밀짚모자를 쓴 한 남자가 눈에 들어왔다. 나는 고개를 숙이고 신발을 벗어 그 안의 돌멩이를 꺼내며 짐짓 속여 넘겼다.

구십 퍼센트는, 희생자의, 입을, 꿰매져 틀어막혔다….

M으로 시작하는 그 글자는 그러나 동물의 '입[Maul]'을 가리키지 사람의 '입'은 가리키지 않았다. 나는 방금 무심코 쓴 '희생자'라는 단어에 선을 두 줄 그어서 지운 다음 '제물'이라고 썼다. 제물. 제물이라면 사람이 아니어도 된다. 제물의 입. 이 말도 어딘가 어색하다. 나는 넷째 손가락으로 윗입술을, 왼쪽에서 오른쪽으로, 일직선으로

16

만져 봤다. 중심에서 약간 오른쪽에 벌레 물린 자국처럼 부은 데가 한 군데 있었다. 만졌더니 타는 듯한 아픔이 빠르게 지나갔다. 그러더니 못 참도록 가려웠다. 모기에 물렸을 리는 없다. 섬에 모기는 없다고 내과 의사가 자신 있게 말했던 걸 기억한다. 출출하진 않았지만 마침 복숭아가 있어 장난기로 껍질도 벗기지 않고 핥았더니, 부드러운 표면에 숨은 가늘고 투명한 잔털이 입술을 찔러 입술에 산성 액체가 스며들게 했고 다시 조금 전과 비슷하게 가려웠다. 나는 윗입술을 얼굴에서 떼어 내고 싶었다. 떼어 내서 수입산 홍차가 들어 있던 빈 깡통에라도 넣어 게오르크에게 선물로 주고 싶은 심정이었다.

그리고, 거의, 언제나, 그들은, 이다, 외톨이, 친구, 도와주는 사람, 친척, 는 없다, 근처에….

내가 혼자 머물고 있는 집은 간단하게 돌로 벽을 만들었는데, 화산 폭발 때 굴러온 못생긴 돌들을 쌓아서 시멘트로 발라 붙였다. 물론 집 같은 걸 한 번도 만들어 본 적 없는 내가 '간단'하다고 말하는 건 그저 인상으로 가늠한 것일 뿐 틀렸을지도 모르지만, 내가 보기엔 돌 크기가 전부 제각각이었고 돌을 맞춘 모양새도 엉성했다. 능숙하지 않은 사람이 우연히 맡아서 만들었을지도 모른다. 그런데 왜 이 마름모꼴을 한 돌의 대각선 위쪽에 작고 둥근 돌을 두 개씩 맞춰 별 모양처럼 만들었을까 하고 생각하

17

면서 돌들을 하나하나 보고 있으면 이러한 짜임새는 우연에서 비롯되지 않았다는 생각이 들었다. 아무 생각 없이 이런 짜임새로 돌을 놓았을 리 없고, 반드시 무슨 생각이 있었을 것이다. 무언가. 내가 짐작하기 어려운 무언가. 돌을 맞춘 사람들이 무슨 생각을 했을지 나로서는 상상이 안 된다.

화산 폭발 때 용암이 흘렀던 흔적이 집 바로 옆을 따라 나 있었는데 좁고 긴 모양으로 바다로 이어졌다. 그 '강'과 같은 검은 길을 뭐라 불러야 좋을지 모르겠다. 해 질 녘이 되면 '진짜 강'처럼 보이고 물 흐르는 소리마저 들렸다. 그 검은 강 위쪽을 나는 어느샌가 낯선 여성과 나란히 서서 걷고 있었다. 그 여성이 '작가'임은 그 사람에게 물어보지 않아도 바로 알 수 있었다. 작가는 이따금 넘어질 듯하면서 계속 걸어갔는데 넘어질라치면 그 모습이 사랑스러워서 나도 모르게 손을 내밀 참이었다. 더구나 정말로 넘어지려고 하는 건지 아니면 연기인지 알 수 없었다. 작가는 나보다 스무 살이나 더 많았는데 그렇게 사랑스러운 모습으로 비틀거리다니 불공평하다고도 생각했지만, 또 반대로 그 세대의 여성은 사랑스럽지라도 않으면 생활비도 벌기 어려운 시대였을 수도 있다고 스스로를 납득시켰다. 나는 작가가 사랑스러워서 질투가 났다기보다는 작가의 사랑스러운 모습을 내가 모르는 불특정 다수의 이성이 볼 것 같아 질투가 났다.

발밑에는 흙이 아니라 뜬숯 같은 물질이 있었는데

이따금 바사삭바사삭 소리 나며 부서졌다. 부서진 곳에서 깊이를 가늠하기 어려운 어스름한 동굴이 지하에 펼쳐진 모습이 보여, 떨어지면 어쩌나 무서웠다. 그래도 작가한테 "새가슴이네요, 카모시카*처럼." 하는 말을 듣고 싶진 않아서 아무렇지 않은 척했다. 나는 관용구로 비난을 받을 때가 가장 무서웠다. 그리고 관용구를 전혀 쓸 것 같지 않은 사람과 같이 있으면 오히려 마음속에 관용구만 떠오르는 것이었다. 부서진 숯가루를 손으로 집어봤더니 스티로폼처럼 가벼웠고 손가락에 까맣게 묻어 지문이 도드라졌다. "내 얼굴에 상처가 있는 것 같나요?" 작가가 물었다. 나는 쭈뼛쭈뼛 작가의 얼굴을 쳐다봤다. 거기서는 '상처' 같은 건 전혀 보이지 않았거니와 '얼굴' 비슷한 것조차 안 보였으며 O 글자 모양을 한 동굴만 보일 뿐이었다.

전혀, 드물게, 대체로, 배경에, 나타난다, 한 마리, 두 마리, 작은 것이, 나타난다, 것이 있다, 집행유예 기간이, 계속되는 곳의, 살인적, 광경, 마음의 외상은, 그러나, 피할 수 없다, 그렇기 때문에, 그들 또한, 외치려는 듯이, 보인다, 어쨌든, 그들의, 작은 입, 크게, 벌어져 있다….

도대체 어떤 어린 짐승이 입을 크게 벌리고 있는 걸까. 매

---

* 일본에 서식하는 영양을 가리킨다. 영양은 야생동물로서 소, 물소, 염소와 함께 솟과에 속한다.

미 애벌레일 수도 있고 병아리일 수도 있다. 어느 쪽이어
도 정겹고 친근한데 그 짐승들이 외치는 소리가 어떤 소
리였는지는 기억나지 않는다. 나는 왠지 목이 좀 말랐다.
이 섬은 공기가 건조해서 몸을 움직이지 않아도 금방 목
이 마른다. 섬 자체가 건조하다고 한다. 왜냐하면 바나나
밭에는 물이 많이 필요한데, 사람들이 기계로 무리하게
지하수를 퍼 올린 다음 바나나 밭에 뿌려서 섬의 흙이 다
말라 버렸기 때문이라고 내과 의사가 설명해 준 적이 있
다. 그렇다고 해서 외교적으로나 경제적으로나 바나나 수
출을 관둘 수도 없다는 얘기가 상식으로 널리 퍼져 있었
다. 내과 의사도 그렇게 믿는 것 같았는데, 내 경우 그런
말은 왠지 경제원조를 그만두면 개발도상국 사람들이 바
로 굶어 죽는다는 말처럼 들려서 전혀 믿음이 안 갔다. 나
는 부엌 구석에 놓인 질그릇 항아리에 입을 대고 물을 마
셨다. 그릇의 질이 나쁜 건지 곰팡이라도 슬었는지 손잡
이가 까슬까슬해서 세게 쥐면 손바닥이 아팠다. 장갑을
가져오지 않아 뭘 쥘 때마다 맨손으로 쥐어야 했다.

내가 바나나 밭 입구에서 쭈그리고 앉아 신발에 들어간
돌멩이를 꺼내자 밀짚모자를 쓴 남자가 말을 걸어왔다.
　　"이쪽이세요, 아니면 이쪽이세요?"
　　남자는 그렇게 말하면서 처음 '이쪽'에서는 평영을
하는 시늉을 했고 그다음 '이쪽'에서는 등산을 하는 시늉
을 했다.

"어느 쪽도 아녜요. 저는 번역을 하러 이 섬에 왔어요."

"아, 그러세요."

남자가 예상과 달리 조금도 놀란 기색을 보이지 않자 나는 갑자기 부끄러웠고 번역 같은 말은 하지 말고 그냥 일하는 중이라고 말하면 좋았을걸 하고 후회했다. 남자가 아무 말도 하지 않아 하는 수 없이 덧붙였다.

"어떤 소설을 외국어에서 모국어로 옮기는 일이에요."

이 말도 하지 말걸 하고 깨달았을 때는 벌써 늦었다. 나는 할 말이 없으면 말수가 많아져 쓸데없는 소리를 하는 버릇이 있었다.

"마감에 맞출 수 있을까요?"

남자는 콘크리트 담에 몸을 기대면서 불쑥 말했다. 나는 급소를 찔려 놀라긴 했지만 남자가 어림짐작으로 하는 말이거나 내 짐작과 다른 말을 하는 것뿐이라고 스스로를 안심시켰다.

"맞춰야지요. 돈 문제도 있으니까요."

나는 거짓말을 했다. 일을 끝내도 인세는 거의 없고, 오히려 한 친구는 이 작품이 실릴 번역문학 잡지가 적자가 계속돼서 다음 호 인세가 들어오기 전에 망할 수도 있다고 걱정할 정도였다. 그래서 생활비는 다른 아르바이트로 채워야 했고, 번역을 마감에 반드시 맞춰야 하는 건 다른 이유가 있어서다. 하지만 돈 이야기는 처음

21

본 사람과도 대화를 하게 만든다고 느끼기에 내게는 바로 돈 이야기를 꺼내는 습관이 있었다.

그런데 남자는 '돈'이란 단어는 들어 본 적도 없다는 듯 멍한 얼굴이었다. 나는 화가 나서 자칫 욕이 나올 뻔했다. 돈 따위 상관없으면 왜 바나나 밭에서 일하느냐는 대사가 목구멍까지 올라왔다. 하지만 말하지는 않았다. 말하지 않아서 다행이었다. 지금 생각하면 밀짚모자를 쓰고 바나나 밭 옆에 서 있던 남자가 꼭 바나나 밭 노동자라는 법도 없고 그건 단지 내 멋대로 상상한 노동자의 모습일 뿐이었다. 사실 나는 노동자를 전혀 몰랐다. 그러니 노동자가 무얼 생각하는지 이래저래 캐묻는 건 실례였고, 노동자인지 아닌지도 모르는 밀짚모자를 쓴 이성이 무얼 생각하는지 상상이 안 되는 것도 당연하다면 당연했다.

그들은, 기다리고 있다, 똑같은, 운명을, 그들은, 성장한다, 그 속으로, 제물이 되려고, 한 번도, 그러긴커녕, 그려져 있었다, 병아리가, 같이, 죽은 곳, 한 번에 쳐서, 두 마리를 한 번에….

단어들이 이어지지 않은 채 원고지에 흩어졌다. 모두 이어서 문장이 되도록 해야 하는데 생각만 들고 거기에 필요한 체력은 최소한도 없었다. 더 정확히 말하면 체력보단 폐활량이 모자랐다. 하나의 문장을 천천히 숨을 쉬며

22

읽고 거기서 꾹 하고 한 번 숨을 멈춘 다음 머릿속에서 뜻을 풀이하고 어순을 정리할 것, 그리고 조심스럽게 숨을 내쉬면서 풀이한 문장을 쓰는 것이 요령이라고 번역가 에이 씨는 말했다. 하지만 나는 단어 하나를 읽는 데도 숨이 차서, 힘들어하면서 이런저런 생각을 하면 다음 단어에는 거의 도달하지도 못한다. 그래도 적어도 나는 단어 하나하나의 낯선 감촉에 충실한 편이고 지금은 그것이 더 중요할 수도 있다고 생각한다. 적어도 단어 하나하나를 조심스럽게 건너편 강변에 던지는 느낌이 있었다. 그래서인지 전체가 이리저리 흩어지는 것 같기도 하지만 전체를 다 생각할 여유는 없다. 전체는 아무럼 어떠냐는 생각까지 들었다. 번역이란 것이 '건너편 강변에 건네는 것'이라면 '전체'쯤은 잊어버리고 이렇게 작업을 시작하는 것도 나쁘지 않다. 하지만 어쩌면 번역은 전혀 다른 것일지도 몰랐다. 이를테면 변신 같은. 단어가 변신하고 이야기가 변신해서 새로운 모습으로 바뀐다. 그리고 마치 처음부터 그런 모습인 양 아무렇지 않은 얼굴을 하고 늘어선다. 이렇게 하지 못하는 나는 분명히 서투른 번역가다. 나는 말보다 내가 먼저 변신할까 봐 몹시 무서울 때가 있다.

나는 대학에 있는 선생님들한테서 번역이 서툴다고 가끔 비난받았다. 동종업계 사람들은 당연히 그런 말을 삼가지만 학자들은 번역가쯤이야 학생과 마찬가지라고 생각하는지 오역을 지적한다. 그뿐만 아니라 문장이

'번역 투'라고, 일본어가 틀렸다고, 한자를 이상하게 썼다고 비난했다. "이렇게나 노골적인 번역 투는 도저히 문학을 읽는다는 느낌이 들지 않는다."고 서평을 쓴 학자도 있다. 문학 번역을 해 봤자 돈도 안 되고 호평을 받아도 난감해서 번역가 에이 씨는 번역을 그만두고 소설을 쓴다. 에이 씨도 그렇고 주변에서도 많이들 내게 번역을 관두라고 말한다. 아르바이트로 생활비를 벌면서까지 번역을 계속하고 있으니 번역에 정말로 자신이 있나 보다 하고 생각하는 사람도 있다. 하지만 솔직히 나는 전혀 자신이 없다. 호평을 받은 적이 없으니 자신감이 생기지 않는 것도 당연할지 모르겠다. 내가 번역한 작가가 한 번 조금 호평을 받은 적은 있지만 그것도 서평에는 "문장이 그렇게까지 번역 투가 아니었더라면", "원문의 문체를 맛보지 못해 유감"이라고 써 있었다. 즉 내가 호평을 받은 것도 아니거니와 반대로 그들의 마음에 안 든 점은 모조리 내 탓으로 돌아왔다.

내게는 한번 나쁜 생각을 하면 고구마 줄기처럼 여러 가지가 딸려 나와서 불안해지는 기질이 있었다. 이 일을 끝낼 수 있을지 없을지만 걱정되는 게 아니라 귀국하고 싶을 때 비행기표는 바로 구할 수 있는지, 돈은 충분한지 누구한테 빌릴 수는 있는지, 지하실 열쇠를 잃어버렸는데 어떻게 해야 하는지 등 걱정거리가 수도 없었다. 특히 지하실 열쇠가 신경 쓰였다. 열쇠를 잃어버렸던 일을 번역하는 도중에도 몇 번이고 떠올렸다. 더구나 만년

24

필을 집으면 손바닥이 가려워서 글자를 쓸 수가 없어 한 줄씩 쓴 다음 만년필을 내려놓고 손바닥을 박박 긁었다.

특히, 만난다, 사람은, 제물로, 교회의, 예배당의, 수도원의, 미술관에서, 그들은, 이미 말했듯, 외톨이로, 아니, 외톨이가 아니라, 누가 붙어서, 고문하는 사람이….

이 섬에 있는 교회에서 나는 어떤 것과 마주쳤다. 그것과 똑같은 것을 전에 런던국립미술관에서 본 적이 있다. 이틀 전에 빵과 치즈를 사려고 가게를 향해 내리막길을 걸어가고 있을 때였다. 길이 대부분 계단식이어서 집 창문으로는 가게도 교회도 보이지 않지만 걸어 내려가다 보면 시선에 들어오지 않았던 감춰진 장소를 처음으로 알게 된다. 교회도 그런 곳이었는데 검은 돌을 맞춰 쌓아 올린 건물이었다. 지금은 검은 돌을 사용하지 못하도록 하기에 검은색 건물이 왠지 특이하고 화려하게 보였는데 검은색을 악마의 색으로 여기는 주민들이 왜 교회를 검은 돌로 만들었는지 의아했다. 가톨릭 신도가 섬을 점령했을 때가 오백 년 전쯤이라고 내과 의사가 말했는데 그 숫자만 머릿속에 분명하게 남아 있고, 예를 들어 무슨무슨 화산이 언제 터졌는지 그 연도는 까맣게 잊어버려서 더없이 유감이었다. 내과 의사는 자주 숫자로 예를 들었다. 너무 잦아서 나는 일일이 그걸 기억하지 못했다. 내과 의사는 연간 관광객 수가 얼마인지, 이 섬에서만 나는 식물종 수가 얼마인지, 연간 바나나 생산량이 몇 톤인지 알았는데 나는 그것도 까맣게 잊어버렸다.

교회는 앞으로 고꾸라지듯이 서 있었다. 그래서인지 나는 특별히 볼일도 없는데 문을 열고 빨려 들어가듯 안으로 쑥쑥 들어갔다. 교회 안은 공기가 매캐하고 찼다. 쇠창살이 달린 작은 창문으로 희미한 빛이 들어왔는데, 그 빛은 두 개의 돌기둥 사이에 누군가가 숨기듯 걸어 놓은 그림 안에서 살아 숨 쉬는 형체를 명확히 비추기엔 너무 약했다. 아니, 그림 한가운데 어두운 색은 희미하게나마 들어오는 조그만 빛도 삼켜 버렸다. 나는 아무것도 안 보이네 하며 가만히 그 그림 앞에 섰다. 눈이 어둠에 익숙해지자 창에 찔려서 붉은 피가 흐르는 형체가 보였다. 생명체의 '눈알' 같았다. 진녹색으로 빛나는 돌기가 몇 개 나 있었는데 '젖꼭지' 같았고 젖꼭지인 걸 알았을 때 갑자기 내 오른쪽 가슴이 아파 왔다. 손이 자동적으로 가슴에 가 버렸을 땐 이미 늦었다. 가슴의 젖꼭지가 두 개로 탁 갈라진 것이다. 나는 황급히 둘로 갈라진 젖꼭지를 하나로 모아서 꽉 쥐었다. 마치 그렇게 하면 두 개가 다시 하나가 되기라도 하듯. 하지만 반대로 불필요한 힘을 가해 버린 꼴이 돼서 둘로 갈라진 것이 다시 네 개로 갈라졌다. 아팠다. 아팠지만 나는 빨리 잊어버리고 싶었다. 이런 일에 계속 신경을 쓰면 일을 할 수가 없고 실제로 그때 나는 아직 번역을 시작하지도 않았었다. 즉 첫 단어조차 번역하지 않다. 마지막 날이 돼야만 일을 시작하는 버릇은 이렇게 멀리까지 와서도 고쳐지지 않는다. 마지막 날이 돼야만 일을 시작하는 건 내가 게을러서가 아니라 원래는 하고 싶지 않은 일을 젠체하면서 하고 싶다고 말하기 때문이라고 게오르크가 둘러말한 적이 있다. 게오르크는 기본적으로 내가 번역을 하는 것이 마음에 들지 않는 듯했다. 내게는 번역 일이 맞지 않으니 몸을 쓰는 더 활동적인 일을 하는 쪽이 낫지 않겠느냐고 이러쿵저러쿵 늘어놓았다. 하지만 사실 게오르크가 왜 그렇게 내 번역 일을 좋아하지 않는지 나는 전혀 몰랐고, 게오르크도 내가 왜 그렇게 게오르크를 좋아하지 않는지 분명 몰랐을 것이다.

같이, 나타나다, 죽이는 쪽하고, 제물이, 기본적으로는, 늘, 일대일로만, 결코, 많은 수가, 한 마리를, 죽이는, 일은 없다, 그래서, 계속된다, 단지 보여 주기 위한, 페어플레이….

"앞으로 십삼 주 정도 지나면 아프리카에서 드래곤 바람이 며칠 동안 계속 불어올 거예요. 그러면 집 밖에 못 나갑니다. 지금 계절이 딱 좋아요."

가게 주인은 그렇게 말하며 염소젖으로 만든 치즈와 호밀 빵을 기름종이에 싸서 주었다. 가게 선반에는 세제, 참외, 스페인어 주간지가 어수선하게 놓여 있었다.

"뜨거운 공기 같은 건가요? 그 바람은."

그 여성은 내가 드래곤 바람을 들어 본 적이 없다는 걸 알자 곧바로 격앙된 말투로 설명하기 시작했다.

"하루 종일 드라이어 바람이 휘몰아치는 것 같아요. 굉장해요, 정말이지. 머리카락이 빠지고 얼굴 피부도 건조해져서 부스스 벗겨지니까요. 그게 불어오면 포대자루를 적셔서 머리에 뒤집어쓰고 잠만 자야 돼요."

그에 반해, 가해자는, 늘, 단지, 자기 혼자만, 데리고 오는, 적이 없다, 대개는, 높은 위치에서, 말을 타고, 그리고, 항상, 그 사람은, 안전하게, 단단히 채비를 하고, 겉껍질에 싸여서, 갑옷을 입고, 공격력을, 두 배로 해서, 가설물을 설치하고, 무장해서….

나는 갑옷을 입고 무장한 뒤 말에 탄 중세 기사의 모습을 떠올려 봤는데 풀이해서 쓴 단어들은 내가 떠올린 그 모습을 순식간에 분해했다. 역시 영웅은 없는 편이 낫다고 늘 생각하긴 했지만 영웅과 내가 어떤 관계여야 하는지는 아직 모르겠다.

"아, 성 게오르크가 용을 무찌른 그 전설이요? 그런데 왜 그 이야기를 고르셨어요? 뭐 보편적이긴 하지요."라고 편집자는 말했는데 그날 전화로 들은 목소리로는 그다지 관심이 없는 것 같았다. "성 게오르크가 등장해서 용을 죽인 다음 공주를 살리지요. 그런데 혹시 말씀하시는 이야기가 영웅이 원래는 겁쟁이였다든가 용도 원래는 없었다는 식의 현대식 이야기 아닌가요? 아니면 싸우는 사람이 공주였다든가요. 있을 것 같아요, 그런 이야기들. 지금은 페미니즘 시대잖아요.”

　나는 모욕이라도 받은 듯 서둘러 반박했다.

　“아뇨. 절대 그런 이야기 아닙니다. 정말로 성 게오르크가 나와서 용하고 싸워요. 공주를 현대식으로 바꿔 쓰지도 않았고요. 저는 그런 식으로 바꿔 써서 손쉽게 해결해 버리는 게 마음에 들지 않아요. 그래서 제가 바꿔 쓰는 일이 아니라 번역을 직업으로 삼고 있는 것 아니겠습니까?”

　편집자는 예상대로 납득이 가지 않는다는 듯 “그게 어디가 재미있어요?” 하고 다시 차가운 말투로 물었다. 그 말을 듣고 나는 반사적으로 “불쑥 나오는 것이 있어요.” 하고 상황과 어울리지 않는 열정적인 목소리로 대답했지만, 나중에 가서는 물러설 수 없게 돼 버렸다.

제물은, 그에 반해, 등장한다, 늘, 있는 그대로, 외톨이로, 싸우러, 방어하러, 그들은, 입고 있다, 피부를, 팔아서, 목숨을 걸고, 대개는, 탑의 맨 위에, 작은 탑에, 맞배지붕에, 기둥에, 층계참에, 대개는, 위를 반쯤 향한 자세로 누워, 색이 밝은, 상처받기 쉬운, 배를, 위로 향해, 부드러운, 장소에, 가해자가, 선다, 그것은, 아직 따뜻한, 동물의, 살아 있는, 양탄자, 그 위에 승마화를 신은, 박차가 뒤축에 달린 신발, 기분 좋은 듯, 깔개에, 파묻히듯이….

창문으로 밖을 내다봤더니 구름이 바다에 그림자를 띠우며 묘하고 느리게 흘러가고 있었다. 하늘을 올려다보니 구름은 놀라운 속도로 움직이고 있었다. 아침에 비해 바나나 밭이 좀 더 이쪽으로 가까이 다가온 느낌이었다. 나는 바나나 나무가 걸어 다니는 이야기를 읽은 적이 있다. 거기서 바나나는 밤에만 걸어 다녔다. 나는 진심으로 걱정이 되어서는 아니고 장난삼아 창문으로 보이는 선인장의 수를 세어 봤다. 선인장이 몇 개인지 세어서 외워 두면, 그래서 나중에 다시 한번 세어서 비교하면 정말로 바나나 나무가 조금씩 언덕을 올라오는지 아니면 그저 느낌일 뿐인지 알 수 있을 터였다. 나는 식물에는 전혀 관심이 가지 않았지만 만약 뭐가 좋으냐고 묻는다면 선인장이 좋다고 할 것 같다. 잎이 많고 물이 없어도 끄떡없고 그다지 쓸모없다는 점이 선인장이 좋은 이유였다. 쓸모없어도 나와 바나나 밭 사이를 갈라 주니 내게 선인장은 꽤 소중했다.

나는 선인장을 끝까지 세는 데 실패하고 말았다. 오른발 발톱이 너무 아파 슬리퍼를 벗어서 안을 들여다봐야 했기 때문이다. 이 섬에 온 뒤로 꺼내도 꺼내도 돌멩이가 신발 속으로 들어갔다. 자갈길을 걸었다면 그러려니 하지만 집에 있어도 어느샌가 돌멩이가 신발 속에 들어가서 오른발 가운뎃발가락 발톱과 살 사이가 벌어지려 한다. 슬리퍼를 벗어 봤더니 벌써 가운뎃발가락 발톱 아래 출혈이 생겨서 포도색으로 물들어 있었다.

어디로, 가도, 어디에, 도착해도, 제물은, 늘, 이미, 거기에 있다, 그것은, 너무도 당연하게, 거기에 있다, 기념비처럼, 샘처럼, 걷는 길처럼, 신호처럼, 그러니까, 똑같이, 당연하게, 못 보고 넘어간다, 그냥 지나친다, 너무나, 자주 있는 무늬, 인간, 남자, 살인범, 하려고 한다, 또 하나의, 다른 생명체에게, 그것을, 보이려고, 얼굴을 때리려고 한다, 찌르려고, 구멍을 내려고, 부수려고, 가까이 다가간다, 목을 잘라 버린다, 자기를, 주장하지 못하는, 그것의….

조급히 움직이는 구름의 틈새에서 햇빛이 내비칠 때마다 집 옆 야자수 잎이 칼처럼 빛났다. 바람에 흔들려 그 칼끝이 내 쪽을 향하기도 했다. 나는 딱히 뾰족한 걸 무서워하지는 않았지만 내 눈꺼풀이나 입안 점막이 필요 이상으로 부드럽게 느껴질 때가 있었다. 그러면 몸의 다른 부분도 점막인 듯한 착각에 사로잡혀 아무리 죄 없는 나뭇잎 끄트머리라도 가까이에 있으면 왠지 불안해진다.

승리자가, 한 명 는다, 그럴 때마다, 제물이, 한 마리, 는다, 그리고, 생명체가, 한 마리, 준다….

"무역선을 타고 섬에 오는 사람들도 있습니까?" 하고 나는 가게 주인에게 물어봤다.

"최근에는요. 발이 젖는 게 겁나서 무역선을 타고 오는 남자들도 있어요. 여객선이야 카누에 비하면 안전

하고 배에 물도 거의 안 들어와요. 그래도 무역선에 비할
바는 못 되죠."

성 게오르크도 틀림없이 발이 젖는 게 무서웠을 테
다. 그러니 늘 말을 타고 있는 것이고 그 승마화도 물이
스며들지 않도록 기름을 잔뜩 발라 번들번들 광나는 것
이다.

"역시 무역선이 튼튼한 건가요?"

"그건 상식이에요. 배로 수출입을 하는데요."

"바나나를 수출하는 대신에 무얼 수입하나요?"

"주로 농약이죠. 바나나 밭에서 쓰는."

염소젖으로 만든 치즈는 처음에는 비누같이 씹는
맛이 꺼림칙했는데 혀에 놓고 가만히 있으니 묘한 맛이
혀로 스며들었다. 나는 섬에 오고 나서 바로 우유 맛을
잊어버렸다. 우유를 마시면 바로 모유의 맛을 잊어버리
는 일과 같은데, 모유는 그 맛이 기억으로 간직되지 않는
다고 한다. 염소는 섬에서 기르는 유일한 가축이었다.

"우유하고 돼지, 닭은 수입이 금지돼 있으니까요."
가게 주인은 교활한 눈빛으로 나를 힐끗 쳐다보며 말했
다. 마치 내가 닭 밀수업자를 거들고 있고 자기는 그것을
다 안다고 내비치는 듯한 말투였다. 나는 불쾌해서 일부
러 이렇게 물어봤다.

"그럼 계란도 수입이 금지돼 있나요?"

"아니요. 계란은 완전히 익혀서 속이 완전히 죽었
으면 괜찮아요."

주인은 그렇게 말하고 나서 냉장고에서 완숙 계란이 든 병을 꺼내 보여 주었다. 계란은, 누런색의 삶은 물에 떠 있었다.

제물들, 모든 장소에, 옛날부터 주욱 있었다, 도대체 무엇을 했는지, 중대한, 하기는 한데, 그들에게는, 선천적, 잘못은, 의심할 여지 없이, 그들이, 사람이 아니라는 것, 그들이, 다르다는 것, 이것만으로, 경범죄, 최상급의, 으로 간주된다, 그리고, 맨 나중에는, 단지, 절멸을 당한다, 특히, 진짜 동전으로 모습이 바뀐다고 말하는 것이 아니라면, 종족 보호 협정, 조차, 착수할 수 없다, 만약에, 그때, 이미, 협정이, 있었다, 해도, 왜냐하면, 그들은, 어떤 종족에도, 속하지 않고, 종족 자체를, 갖지 않는다….

나는 작가와 둘이서 물이 마른 강바닥을 걷고 있었다. 만약 양쪽 암벽에 물이 흐른 자국과 수풀의 흔적이 새겨져 있지 않았더라면, 발밑의 돌이 바둑돌처럼 부드럽게 깎이지 않았더라면 옛날에 이곳이 강이라 불릴 정도로 많은 물이 흘렀던 곳이라고는 상상도 못 했을 것이다.

"우기가 되면 또 물이 나와요."

피부가 번들거리는 남자가 우리가 그 옆을 아무 말도 없이 지나가는 실례를 했을 때 우리를 향해 말했다. 남자는 쓰레기를 줍듯이 돌멩이를 주워서 파란색 반투명 비닐봉지에 담는 중이었다. 그 비닐봉지는 바나나 밭

33

에 있었던 것과 똑같았다. 남자는 대답을 기다리듯 우리 얼굴을 바라봤지만 나는 일부러 아무 말도 하지 않았다.

"드래곤 바람의 계절이 끝날 때쯤 또 와 보세요. 물이 있을 테니."

남자는 포기하지 않고 뒤에서 소리쳤지만 우리는 대답하지 않았다. 군데군데 돌 사이에서 젖은 흙이 보이긴 했다. 하지만 그 흙을 손가락으로 후벼 봐도 방귀 냄새 같은 악취만 날 뿐 물은 나오지 않았다. 흙을 후비면 후빌수록 젖은 흙이 나왔지만 얼마나 더 파야 물이 나오는지는 당최 알 수가 없었다. 삽 같은 채굴 도구가 있는 것도 아니어서 깊숙이 팔 수도 없었다. 그 이유로 곧바로 파기를 포기했지만 사실은 아무리 깊숙이 파도 나오지 않을 것 같아서 파지 않았다.

"갑시다." 작가가 말했다. 우리는 어딘가로 정신없이 가는 중이었다. 그러는 동안 나는 몸이 젖지도 않고 마르지도 않았다. 그때 얼핏 한 그림자가 계속 흔들리며 돌에 비치는 걸 보았다. 자세히 보니 나 자신이 걷는 그림자인 듯했다. 모습이 너무 삐뚤빼뚤해서 나와 닮은 데가 조금도 없었다.

"물이 있다면 길이 없겠죠." 작가가 말했다. "물이 있다면 길이 아니라 강이죠. 뭐 그래도 상관없지만요. 길이 없으면 안 걸으면 되니까요." 작가는 덧붙였다. 나는 갑자기 작가가 나이를 많이 신경 쓴다고 느꼈다. 하지만 바로 그래서 "도무지 오십 세로는 안 보여요." 같은 말은 하고 싶지 않았다. 그렇게 말하면 쉰 살인 것이 나쁜 일인 것처럼 들린다. 나는 그런 생각을 해 본 적이 없고 외려 쉰 살 이하의 여성이 아름답게 보이기가 어렵다고 생각했다. 하지만 조용히 있으면 작가가 더더욱 나이만 생각할 것을 나는 잘 알았다. 왜 이렇게 나이 든 사람이 쓴 책을 골랐냐고 물으면 뭐라고 대답할지 생각했다. 나이가 들어서 이제 못 걷는다고 말하면 뭐라고 대답할지도 생각했다. 길이 좁아지더니 걱정했던 대로 결국 가파른 오르막길이 나왔다. 작가는 호흡이 빨라졌고 거친 숨소리가 흘러나올 때마다 나는 그것이 대답하기 어려운 질문의 서두처럼 들려서 흠칫 놀랐다. 곧이어 나도 호흡이 가팔라지고 내 숨소리 외에는 아무것도 들리지 않아, 더 이상 나이는 생각하지 않기로 했다. 아무래도 목이 좀 마른 것 같았다. 그렇지 않다면 물통을 잊은 일이 갑자기 떠오르지 않았을 터였다.

드디어 오르막길이 끝나고 눈앞이 확 넓어졌다. 우리는 산 중턱쯤에서 걷는 듯했다. 건너편에도 그 옆에도 똑같이 보이는 산이 늘어섰다. 모르는 새에 꽤 올라왔는지 식물 생김새도 달라져 야자수나 선인장 대신에 밤나무가 산을 뒤덮었다. 어디선가 종소리가 들려왔다. 오 하는데 검은 형체가 보였다. 그러더니 흰색과 갈색의 얼룩이 나타났다. 그런 뒤에 흰 형체가 계속 나왔다. 색깔도 크기도 제각각인 동물이 산골짜기에서 일렬로 줄을 지어 좁은 길을 올라왔다. 염소였다. 모두 소리가 다른 종을 목에 매달고 있어서 소리가 섞였고 그렇게 서로 겹친 기묘한 종소리가 주변을 감쌌다. 맨 앞에 있는 아주 작고 여윈 검은 염소는 볼록볼록한 여윈 발로 디딜 곳을 더듬으면서 느릿느릿 좁은 길을 올라갔다.

"역시 가장 약한 염소가 무리를 이끌고 가네요." 작가가 말했다. 염소 떼는 끊이지 않았다. 염소는 산골짜기에서 치솟듯이 연달아 나왔다. 나는 마지막에 염소치기 남자와 개가 나타날 거라 예상하고 잠시도 눈을 떼지 않고 바라봤다. 왜 그들이 보고 싶은지 나도 잘 몰랐지만 '끝마무리'를 보지 않으면 불안했다. 어쩌면 나는 염소가 무서운지도 몰랐다. 감독하는 사람도 없이 마음대로 섬을 돌아다녀 질투를 느꼈는지도 모른다. 염소가 종이를 먹는 것이 사실이라면 방목하는 염소들이 원고지를 먹지 못하도록 조심해야 한다는 생각도 떠올랐다. 나는 염소치기 남자가 직업상 명랑한 사람일까 우울한 사람일까도 생각했다. 나와 달리 작가는 염소치기 따위 전혀 보고 싶지 않은 것이 틀림없었다. 하물며 개도 좋아하지 않을 터였다. 그러나 작가도 내 옆에 선 채 자리를 뜨려고 하지 않았다.

한데 마지막에 나타난 것은 내가 생각한 '끝마무리'가 아니었다. 마지막에 나타난 것은 처음에 나타난 것과 꼭 닮은 작고 검은 여윈 염소였다. 인도해 주는 사람도 개도 없이 염소 떼는 종소리를 울리며 우리의 시야에서 사라져 갔다.

"처음부터 이럴 줄 알았으면 좋았을 텐데." 우리 중 한 사람이 말했다.

그것은, 속하지 않는다, 어떤, 종류에도, 가계도를, 갖지 않는다, 여기저기에, 있었다, 어디에도, 없었다, 물의, 안에, 흙의, 위에, 안에, 밑에, 공중에, 그것은, 늘, 홀로 지냄, 이주민, 외톨이, 그것은, 그러한 사람은, 의문을, 불러일으킨다, 어이가 없다, 그 정도로, 변덕맞다, 자만, 특이한 버릇, 제멋대로, 그 사람의, 바리케이드 없는, 순응하지 않음, 사회적으로 보아, 무가치, 그것이, 결국, 지독한 냄새가 난다, 말 그대로, 그것은, 흑사병으로 물든다, 모든 것을, 독한, 냄새로, 확실한 비공식, 기록, 『황금전설』*에, 글자 그대로, 꾸미지 않고, 그렇게 쓰여 있다, 그에 더해, 도울 수도 없는, 그, 흐트러진, 몸, 이 존재의, 가 제시된다, 만들 수 없는, 개념은, 만들 수 없다, 이상적 모습은, 만들 수 없다, 이긴 하지만, 화가, 조각가, 시인, 그 밖의 사람들도, 모두, 시도해 봤다, 만들 수 없는….

나는 여기에 도착한 날 책장에서 『황금전설』을 본 것 같아 옆방에 가 봤다. 이 집에는 부엌 말고도 방 두 칸이 더 있었다. 하나는 책상하고 의자만 있는 이 방이고 다른 방에는 책장과 옷장과 침대가 들어차 있었다. 욕실은 집 뒤

---

* *Legenda aurea*. 성 게오르크의 이야기가 담긴 기독교 성인 설화집. 보다 자세한 내용에 관해서는 이 책의 「옮긴이의 글」 참조.

쪽에서 들어가게 돼 있었다. 옆방에는 섬에 온 첫날에만 들어가 보고 거의 들어가지 않았다. 옆방에서는 부서진 창틀이 달카닥달카닥 소리를 내곤 했다. 누군가가 등 뒤 바깥에서 부산스레 걷고 있는 것 같은 섬뜩한 방. 향수 냄새가 밴 침대. 물론 그 침대는 쓰지 않았다. 이 방 창문 아래쪽에서 책상 옆에 침낭을 펼치고 잤다.

책장에는 지금까지 이 집에 머물고 간 사람들이 남겨 둔 책이 어지럽게 꽂혀 있었다. 추리소설이나 음란물도 있고 파충류 생태를 다룬 전문 서적이나 메소포타미아문명 입문서, 쿠웨이트 여성 문학 연구서, 컴퓨터 카탈로그, 카나리아 무리섬의 전통 음식을 다룬 책도 있었는데 제목을 읽어 가는 동안 맥이 빠지고 말았다. 이렇게 책이 많은데 내가 읽고 싶은 것은 분명 어디에도 들어 있지 않을 터였다. 『황금전설』도 어딘가에 있다고 생각했는데 전혀 보이지 않았다. 오비디우스의 『변신 이야기』가 있었는데 어쩌면 이걸 보고 착각했는지도 모른다.

책장을 보는 동안 갑자기 나는 엉뚱하게도 바다에 가서 수영하고 싶다는, 평소에 안 하던 생각이 들었다. 물속에 들어가 웅크리고 있으면 찬 바닷물이 어깨까지 감쌌고 바닥의 모래를 세게 밟은 발바닥만 뜨거워졌다. 그런 모습을 떠올리고 팔을 번쩍 위로 올려 심호흡을 했더니 갑자기 수영복이 입고 싶어졌다. 하지만 지금 이대로 집을 나서서 바닷물에 살을 담근다면 번역을 끝내지 못할 것이 뻔했다. 나는 내가 하고 싶어서 하는 번역이니

할 수밖에 없다고 스스로를 몇 번이고 타일렀다. 하고 싶
지 않으면 간단히 그만두면 되고 나는 원하지 않는 건 원
하지 않는다고 아무렇지 않게 확실히 말하는 성격이니,
원하지 않는다고 말하지 않는 건 하고 싶기 때문이고 그
만둘 이유는 있을 수 없다고 생각해 보았다. 나는 책상
앞에 앉아서, 번역을 하고 싶어 하는 나란 사람이란 도대
체 어떤 사람인지 생각했다. 어제저녁 비누로 머리를 감
아서인지 뻣뻣한 머리털이 구부러진 바늘처럼 목덜미를
콕콕 찔렀다. 샴푸를 잊어버리고 안 가져왔고 가게에서
도 팔지 않으니 하는 수 없었다. 고무줄로 머리를 뒤로
하나로 묶어 봤다. 그러자 이제는 묶은 머리가 무거워서
두피가 아래로 당겨져 목을 움직일 때마다 두피 모공이
조금씩 아팠다. 나는 앞으로도 굽혀 보고 뒤로도 젖혀 보
면서 머리카락이 목덜미를 찌르지 않는 자세를 찾았지
만, 찾지 못했다.

바나나 밭이 점점 이쪽으로 다가오는 것 같아 또다시 신
경이 쓰여서 나는 선인장 수를 세기 시작했다. 바나나 밭
의 사각거리는 소리가 더 크게 들린 것은 바람이 세서이
겠거니 했지만 확실히는 몰랐다. 야자수 잎이 움직이지
않는 걸 보니 바람이 불지 않을 수도 있는데, 이 섬은 바
람이 하나의 덩어리처럼 언덕길을 굴러 내려가서 집 앞
에서는 바람이 불어도 저 아래에서는 아직 불지 않을 때
가 종종 있었다. 이럴 때 집에 누가 있다면 선인장 이야

기라도 같이 나눌 수 있을 텐데 나는 아무도 없는 방에 혼자 앉아 있을 뿐이었고 전혀 외롭지도 않았다. 무슨 일이 일어나도 아무도 나를 도울 수는 없다고 생각하기에 혼자 있어도 누가 있어도 매한가지였다. 왜 내과 의사는 섬에 혼자 가지 않는 편이 좋다고 말했을까. 번역을 할 때나 뭔가를 생각할 때나 혼자서 해야 하니 어차피 나는 늘 혼자라고 생각한다.

부끄러운 줄도 모르고, 보인다, 그 사람은, 자기를, 그 사람의, 장비, 누구보다도, 훌륭하고, 하나로 단정히 차렸다, 전부를, 모든, 부속품을, 특별한 것을, 혹은, 특수한 것을, 그 외에는, 절약해서, 단 하나의, 종족으로, 분류돼, 자기라는 종족으로, 그 사람은, 예를 들면, 가지고 있다, 도둑고양이 발톱을, 곰 가죽을, 악어 두개골을, 뱀 혓바닥을, 도마뱀 피부를, 아메리카악어의 꼬리를, 그 사람은, 가지고 있다, 거대한, 박쥐 날개를, 움직일 수 있는, 아르마딜로의 갑옷을, 그리고, 때로는, 또, 세 겹 눈꺼풀, 순막,* 마치, 개와 같고, 마치, 숨기려고도 하지 않고, 항문을, 그 위에, 고환은, 내민다, 너무 썩어서, 뒷발 사이에서, 동시에 또, 가지고 있다, 같은 한 몸, 것이 있다, 그에 더해, 유방을, 혹은, 몇 개, 뾰족한, 내민, 혹은, 축, 늘어진, 젖, 지금까지 없었던 스캔들, 이다, 이 큰 뱀….

* 주로 파충류나 조류에게서 볼 수 있는, 눈을 덮은 얇고 투명한 막.

뭔가가 눈앞에서 벌떡 몸을 일으킨 느낌이 들었다. 나도 덩달아 일어서서 숨을 크게 쉬고 뭔가를 말하려고 했으나 할 말도 없고 말할 상대도 없어서 하는 수 없이 다시 앉았다. 나는 걱정거리가 많았다. 거기에다 나는 내과 의사가 섬에서는 의사를 찾아가지 말라고 했던 말, 수돗물은 마시지 말라고 했던 말을 갑자기 떠올렸다.

나는 '그[彼]'라는 글자를 차례차례 검게 칠했다. 이 생명체는 유방이 있으므로 남자라고 말할 수는 없다. 그래서 '그'를 쓸 수는 없다고 생각했지만 대체어가 생각나지 않았다. 어쩌면 '그'를 써도 괜찮을 것 같다. '그'는 한 사람의 남성만 가리키는 것이 아니라 단순히 '건너편 강변'이란 뜻도 있었던 것 같으니. 건너편 강변이라는 생물체 '그'. 나는 부엌으로 가서 초록과 노랑이 섞인 호랑이 무늬 참외를 둘로 쪼겠다. 그것 말고는 먹을 게 없었다. 식탁 위에는 카누 모양을 한 말라빠진 빵 조각이 남아 있었지만 마른 빵은 먹고 싶지 않았고 염소젖 치즈도 다 먹고 없었다. 가게에 가서 다시 사도 되지만 지금은 밖에 나가면 안 된다고 생각했다. 부엌에 혼자 앉아 있으려니 나는 번역이란 것이 도대체 무엇인지 점점 알 수가 없었다.

"유감이지만 자랑할 만한 언어는 아니에요."

무슨 말에서 무슨 말로 번역하냐고 우체국 직원이 물었을 때 나는 그렇게 대답했다. 섬 주민들이 꺼리는 언어임을 알고 있어서 말하고 싶지 않았다. 섬에 오는 관광객 대부분의 모국어가 이 말이었기 때문에 섬사람들은 이 말에 고정된 관념을 갖고 있었다. 그러면 무슨 말로 번역을 하는 것이냐고 묻길래 나는 힘차게 "제 모국어로요."라고 대답했다. 우체국 직원은 내 모국어가 무슨 말인지 알고 싶지 않은지 거기서 말을 멈췄다.

"섬사람들은 모두 스페인 사람이죠. 아프리카 사람도 없고 아랍 사람도 없지요."

나는 화제를 바꾸려고 그런 말을 해 봤는데 틀렸다.

"우린 스페인 사람 아닙니다. 카나리아 사람이죠."

섬에서 단 하나뿐인 우체국에서 또 거기서 단 하나뿐인 창구에서 그날 나와 우체국 직원은 단둘이서 언제까지나 이야기했다. 나는 왠지 정겨움이 그리고 사람이 그리운 감정이 처음으로 희미하게 솟음을 느끼면서도 무심코 딱딱한 말을 했다.

"어쨌든 사흘 후에는 원고를 완성해서 속달로 보내야 하니 아침 아홉 시에는 꼭 우체국 문을 열어 주세요."

"속달이라고 해서 빨리 도착하지는 않아요." 이렇게 답하고 직원은 눈짓했다.

"그건 상관없어요. 원고가 이 섬에서 떠나기만 하면 되거든요."

호랑이 무늬 참외 껍질은 호랑이 가죽과 모양이 똑같아서 노란색 바탕에 검은색 줄무늬가 들어가 있다. 그 껍질을 손가락으로 벗겨 보면 자두 같은 빨간 속이 드러난다.

껍질이 부드럽고 시면서도 맛있어서 원래 껍질을 벗기지 않아도 됐다. 그래도 나는 껍질이든 뭐든 일단 '벗기고 싶다.'는 충동에 휘말렸다. 내가 배가 고픈 걸지도 몰랐다. 호랑이 무늬 참외를 덥석 깨물었더니 과즙이 턱을 타고 내려와 가슴 사이로 주르륵 흘러내렸다. 감기에 걸렸을 때 피부가 부르트곤 하는, 위(胃)가 있는 쪽이었는데 지금은 감기에 걸리지 않았어도 거기가 부르튼 것 같았다. 만져서 확인하고 싶지는 않았다. 만지면 더 가려우니까. 혼자서 그런 생각을 하고 있으니 정말로 더 가려웠다. 그런 생각만 하니까 일을 순조롭게 하지 못한다. 어쩌면 번역 일만 끝내면 그런 걱정도 사라질지 모른다. 나는 이제껏 소설 한 편을 끝까지 번역한 적이 없다. 반드시 도중에 거치적거리는 일이 생겨서 그만두게 되고 나머지는 에이 씨에게 부탁한다. 무슨 거치적거리는 일이냐 하면, 한마디로 말할 수는 없지만 이를테면 감기가 걸려서 일이 꼬였는데 게오르크가 병문안을 와서는 "그러니까 무리하지 말라고요. 그런 번역 일 정도는 거절하면 돼요. 돈도 안 되는데." 같은 말을 해서 나도 의욕이 꺾이고 마는 일이다. 뭐든 게오르크가 나쁘다. 게오르크만 없다면 나는 더 강한 사람이 될지도 모르는데.

에이 씨는 어떤 작품이든 번역을 척척 끝내는 데다가 옮긴이로 내 이름만 올리라고 말해서 나는 자신이 한심스럽다. 에이 씨는 소설가가 된 후부터는 번역 일을 싹 그만둬서 옮긴이로는 이름을 내고 싶지 않다고 말했다. 번역을 약간 경멸하는 듯도 하다. "당신도 이제 번역은 그만하고 자기 소설을 쓰면 어때요?" 하며 내 얼굴을 지그시 쳐다볼 때도 있다. "번역가는 예술가에 속하지도 않아요."라고 말하기도 했다. 하지만 나는 소설 같은 건 쓰고 싶지 않다. 나는 번역이 하고 싶은 것이지 소설가가 못 돼서 번역을 하는 것이 아니다.

　　이렇게 큰소리쳐도 에이 씨한테 번역 일 도움을 받고 있으니 어쩔 수 없다. 한 번이라도 좋으니 혼자서 끝까지 번역해 보고 싶다가도 마지막에 이르러 되돌아갈 수 없을 때 부당한 결단을 내려야 할 때가 올까 봐 무섭다. 지금 작업하는 소설을 예로 들면, 나는 성 게오르크도 아니고 성 게오르크가 되고 싶지도 않지만 마지막에는 하는 수 없이 내가 용을 무찔러야 하지 않나. 아니면 공주가 돼서 "몸에서 나온 녹이다."*라는 말을 들으며 내게서 나온 '녹'에 해당하는 동물을 내가 죽이든가 영웅이 죽이게 해야 하고 죽임의 원인을 제공한 나는 새파랗게 질린 얼굴로 멈춰 서 있든가. 또는 내가 사마귀가 덕지덕지 난 용의 몸이 돼서 영웅에게 죽임을 당하든가. 이 생각만으로도 도망치고 싶지만 도망쳐 봤자다. 어디로 가도 세 가지 역할밖에 없으니까. 즉 성 게오르크든가 공주든가 용이든가. "저는 어떤 역할도 맡고 싶지 않아요.

---

* 자업자득이라는 뜻의 속담.

저는 번역자니까요.” 하고 발뺌해도 그때만 괜찮지 조금 시간이 지나면 또다시 결단을 내려야 하는 순간이 온다. 정말이지 번역은 내내 결단을 내려야 하는 작업이다. 그래서 나는 번역을 완성하고 싶지 않다. 완성하고 싶지도 않고 당연히 도중에 그만두고 싶지도 않다. 질질 끌면서 하는 것 외에는 묘안이 없다.

이런 생각만 해 봤자 소용없으므로 나는 기분을 상쾌히 하려고 담수로 몸을 깨끗이 씻고자 목욕탕으로 갔다. 목욕탕이라고 해 봤자 돌로 만든 벽이 휑하니 사방을 둘러싼 공간에 양동이가 달랑 하나 있고 두꺼운 밧줄이 놓여 있을 뿐이었다. 구석에 있는 수도꼭지를 틀었더니 우기에 탱크에 담아 둔 탁한 물이 졸졸 흘러나왔다. 그 물을 양철 양동이에 담아 몸을 씻는 것이다. 두꺼운 밧줄은 어디에 쓰는지 모르겠다. 뭔가를 묶는 데 쓸 텐데 뭘 묶냐고 물어도 나로선 짐작이 안 간다. 나는 내 머리카락에 찔려서 뜨거워진 등을 양동이로 푼 물로 식혔다. 과즙이 스며 짓무른 살을 물로 정성스레 씻었다. 일광욕을 한 것도 아니건만 살갗이 다 검붉게 탔다. 내 살갗이 아닌 것 같았다.

산물, 모든, 땅을 기는 것, 도망가는 것, 몸, 어떤 전제도, 약속도, 분류도, 지키지 않는다, 몸, 과잉, 더구나, 성별의 분화도, 성별의 분담도, 무시하고, 그런 것은, 몸, 점점 멸망한다, 오직 그것만, 흉기로서, 무리도 아니다, 사람들이,

자기 자신인 그 사람을, 내버려 두고 싶어 함, 이 몸은, 끝에는, 그만둬야 한다, 부끄럼도 없이, 이런 몸인 것을, 닥쳐라, 라고 듣는다, 땀을 흘리는 것을, 멈춰라, 지독한 냄새를 풍기는 것을, 멈춰라, 죄 없는 양, 여성, 을 먹는 것을, 멈춰라, 그뿐만 아니라, 사라져 버려라, 라고 듣는다, 그것에 대해서는, 의견이 일치, 해 버렸다, 그 사람이, 이미, 자기 몸을, 채굴한다, 부순다, 권리를, 자발적으로, 포기하려 하지 않는다, 그럴 때는, 폭력을 써서라도….

"말도 안 돼요. 섬이 말라 버린 건 바나나 밭 때문이 아니에요."

생선 가게 남자는 화내며 말했다. 나는 그 남자한테서 호랑이 무늬 참외를 산 참이었다. 이 섬에는 과일 가게란 것이 없고 생선 가게에서 과일을 샀다. 그 생선 가게란 것도 가게가 따로 있지는 않고 어선이 섬에 올 때마다 소형 트럭이 섬을 돌면서 장사를 하는 식이었다.

"드래곤 바람 때문에 섬이 말라 버리는 거예요. 하지만 몇 년 지나면 엔지니어가 북쪽에서 많이 와서 큰 방파제를 만든다고 하더군요."

남자는 나를 노려보며 덧붙였다.

"바나나 밭 때문이라뇨, 당치도 않아요."

그렇게 말하니 나는 더더욱 바나나 밭 욕을 하고 싶었지만 참고 화제를 바꿔서 생선에 대해서 물어봤다. 어선이 오는 대로 바로 사들여서 장사를 하니까 생선이 아주 신선할 것 같았는데, '어선'이란 건 원양어업을 하는 배를 말하고 섬에 가져오는 건 냉동 연어나 혀가자미이며 가끔은 참치 캔도 있다고 한다.

"신선하다고 맛있나요. 그건 관광객이 만든 미신이에요." 남자는 말했다.

"근처 바다에서는 고기를 안 잡나요?"

"근처 바다에서 잡은 물고기는 당신 입에 안 들어가요."

남자는 그렇게 말하고는 큰 소리로 웃었다. 남자는 살의 검은빛이 다른 섬사람들과 달랐다. 남자의 아버지는 한때 카리브해 섬들에서 이 섬으로 수많은 이주 노동자가 건너왔을 때 왔는데 남편을 잃은 한 여성과 만나 결혼해서 정착했다고 한다. 남자는 부모가 늘 이혼하고 싶어 했다고 말했으나 나는 뭐라 대답해야 좋을지 몰랐다. 아버지는 바나나 밭에서 일하셨냐고 묻는 말이 입 밖에 나오려 했지만 바나나 밭 이야기를 하면 또다시 남자가 불쾌해할지도 몰라서 나는 입을 다물었다.

난처했던 일, 큰 뱀에게는, 그것이, 큰 뱀의, 몸짓은, 아무것도, 눈뜨고 볼 수 없어, 도무지, 찬스는, 있었을 터, 조금, 친절함을, 내비쳤다면, 바로, 만들어 줬을 텐데, 작은 보호구역을, 질서 정연하게, 점점, 죽을 수 있는, 그러긴커녕, 이, 괴물부터, 조차, 짜낼 수 있는 것이, 무엇이 있었을까, 예를 들어, 털을 깎는다, 양같이, 우유를 짜낸다, 멋있는, 깃털을, 한 올 한 올, 잡아 뜯어 주겠다, 가죽을, 뜯어내 주겠다, 귀 뒤에서, 깡그리, 그리고, 계란을, 들어서, 구워 주겠다, 데쳐 주겠다, 냉동을 해서, 그걸 사용해서, 최음제로 만들겠다….

아무래도 나는 번역하는 속도가 떨어진 것 같다. 쉬지도 않고 만년필을 움직이고 있을 터인데 글자 수가 그다지 늘지 않는다. 더군다나 내가 뭘 하고 있는지 점점 모르겠다. 번역을 하고 있을 터인데 말이 이어지지 않으니 내가 썼어도 뜻을 모르겠다. 다시 읽으니까 뜻을 알 수 있는지 알 수 없는지가 신경 쓰이는 것이니, 다시 읽지 말고 착착 앞으로 나아가며 번역하면 되지 않을까 싶다. 에이 씨는 독자의 입장이 돼서 몇 번이고 다시 읽으라고 충고했지만 나는 도저히 독자의 입장이 못 된다. 내가 어떻게 다른 사람의 입장이 될 수 있나. 물론 그렇다고 해서 내가 내 안에 갇혀서 아무것도 받아들이지 않는 건 아니고, 적어도 작가에게서 무언가를 받아들인다는 실감은 있었다. 그리고 받아들인 것을 다시 던지지 않는 것도 아니다. 다만 어디를 향해 무엇을 던지고 있는지 잘 모를 뿐이었다.

나는 건너편 강변을 향해 돌을 계속 던졌다. 강에는 물이 없었으나 발이 젖어서 차가웠다. 건너편 강변에 한 남자가 보였다. 남자는 내가 던진 돌을 줍더니 파란색 반투명 비닐봉지에 담아 모았다. 내가 발을 움직일 때마다 신발

속에서 참방참방 물소리가 들려 거치적거렸다. 물을 꺼
리진 않지만 소리가 시끄러워서 주의가 영 산만했다. 신
발을 벗어 거꾸로 해서 흔들어 봤다. 그랬더니 속에서 마
른 돌멩이들이 후두두 떨어졌다.

큰 뱀은, 그저, 아주 조금, 조금만, 양보하면 된다, 자기
를, 보호 아래에, 사람들의, 받아들이는, 시늉을 한다, 충
성을 맹세한다, 만으로 좋다, 큰 뱀은, 그러나, 결코, 그
런 짓은 하지 않는다, 큰 뱀은, 고집을 부린다, 계속 적이
기를, 완전히, 무슨 일이 있어도, 원칙적으로, 영원히, 그
리고, 원칙적으로, 영원히, 큰 뱀은, 믿지 않는다, 사람의,
말을, 자기를, 거기에, 길들이지 않는다, 거부한다, 접근
해 오는 것을, 음절 하나 없이, 그게 아니고, 만약에 있다
면, 그저, 부르짖음, 으르렁거림, 외침, 가슴이 터지듯 크
게, 열린, 입, 위협한다, 피부에 달린 퇴화한 발톱, 그러
면, 언젠가, 누군가가, 떠올린다, 핑계를, 때마침, 안절부
절못할 때, 늘 있는 일이지만, 떠올린다, 조그마한 작업
을, 해서 보여 주겠다고, 핑계를 떠올린다, 목을, 창으로,
단번에 찔러, 해서 보여 주겠다, 얼굴에, 단번에 찔러, 창
으로, 단번에 찔러, 그래도, 아직, 부족하다면, 그 위에,
이미, 뽑아낸, 칼로, 거친, 조금씩, 쇠약해지는, 신음하는
소리가, 흘러넘친다, 혈액….

섬에 있는 개는 모두 고양이처럼 작았다.

"염소를 물면 큰일이니까 큰 개나 사람 말을 안 듣는 개는 다 '잡았죠'. 오랫동안 그렇게 하니…."

"그렇다면…."

"자연도태예요."

머리가 곱슬한 여성은 무릎에 못생긴 강아지를 올려놓고 쓰다듬으면서 자신에 찬 말투로 잘라 말했다. 그 옆에는 생머리의 여성이 똑같이 강아지를 무릎에 올려놓고 앉아 있었다. 둘은 친해 보였다. 해 질 녘이 되면 이렇게 여자들이 개를 안고서 길가에 늘어놓은 의자에 앉아 수다를 떨곤 했는데, 개들은 못난 생김새가 제각각이어서 눈알이 심하게 튀어나왔거나 귀가 한쪽만 서 있거나 불알이 너무 컸다. 아직 작은 강아지는 덤불 사이를 뛰어다니거나 우슬* 씨앗을 등에 잔뜩 묻히고 있을 때가 많았다. 자세히 보면 여자들은 개 뒷발을 넓적다리 사이에 꽉 낀 채 개를 안고 있었다. 개는 꼬리를 흔들고 있었지만 때때로 높은 소리로 우는 건 다리가 아파서일 수도 있었다.

"우리 개가 지난주에 갈색 새끼만 낳았는데 한 마리 드릴까요?"

머리가 곱슬인 여성이 나에게 물었다.

"아뇨. 저는 번역을 하러 이 섬에 왔을 뿐이에요."

"하얀 강아지도 있어요. 얼룩빼기도 있고요."

"검은 강아지도 있어요?"

* 약재로 쓰이는 잡초 중 하나.

"검은 강아지는 없어요."

섬에는 검은 개가 한 마리도 없는 것 같다. 검은 개
는 악마의 심부름꾼이라는 미신이 있어서 태어나면 곧
바로 죽인다.

"즉시 '짓뭉개니까요'."

여자는 밝은 목소리로 말했다.

왜냐하면, 가해자는, 성 미카엘은, 성 게오르크는, 직업
상, 천사하고, 성인하고, 이다, 이니까, 즉, 대천사하고,
신을 섬기는 군인, 그러니, 덤벼든다, 그들은, 완벽한, 등
뒤에 비호를 받은 채, 축복을, 받아서, 해낸다, 연이어,
새로운, 질서를, 만들고, 이, 무질서, 비사회적, 비인간적,
괴물을, 이 산물을, 신이 없는, 혼돈의, 그것을, 저쪽으로,
해야 할 방향으로, 해 버린다, 돌아올 수 없는, 저쪽으로,
지옥으로, 영원한 죄, 죽음으로, 악마 밑으로….

나는 섬에서 방문한 곳 중에서 우체국이 가장 마음에 들
었다. 이 섬에서 차분히 있을 수 있는 곳은 바닷가 같은
데가 아니라 우체국뿐이었다.

"번역 힘들지요."

우체국 직원이 그런 말을 하니 나도 그만 쓸데없는
말을 해 버렸다.

"네. 피부가 약해서요. 알레르기 체질이거든요."

"그건 드문 일도 아니고 아무것도 아네요."

"저도 늘 그렇게 말하고 있습니다."

"세상에는 다른 말로는 절대로 번역되지 않는 책도 있습니까?"

"네. 세상에 있는 대부분의 책이 그렇지요."

"번역본밖에 남아 있지 않은 책도 있나요? 옛날 책."

"네. 원본이 사라져서 번역본만 남아 있는 책도 있습니다."

"번역본밖에 없는데 어떻게 그것이 원본이 아님을 알 수 있습니까?"

"그건 누구나 바로 알 수 있어요. 번역은 그 자체가 하나의 언어와 같거든요. 뭔가 후두두 돌멩이가 떨어지는 느낌이 드니까 알 수 있어요."

"바다에는 가지 않는 편이 나아요."

그러나 우체국 직원이 그렇게 말한 날 아침 나는 벌써 바닷가에 갔었다. 방파제와 관광객 숙박 시설 사이에 낀 해수욕장 모래밭에 앉아 나는 게오르크를 생각했다. 왜 생각했는지는 모르지만 어느새 게오르크를 생각하는 자신을 발견한 나는 마치 작은 외딴섬에서 인질인 상태로 기사가 구하러 오기를 기다리는 공주 같다고 느껴 피식 웃었다. 내가 공주와 조금도 비슷하지 않은 이유는 게오르크를 이루 말할 수 없을 정도로 안 좋아하기 때문이다. 게오르크가 오지 않는 게 가장 좋지만 이제 와서 어떻게 할 수도 없고 만일 온다면 어떻게 대처해야 하나 대중없이 생각했던 것 같다.

　방파제 건너편 항구에서는 때때로 기계기름이 흘러나와 무지개색으로 빛났다. 관광객들은 아침 아홉 시가 되면 일렬로 줄을 서서 모래밭에 왔다. 그러고 나서 모두가 선크림을 열어서 바닷가가 곧 향수 냄새로 가득 찼다. 나는 살충제를 연상시키는 그 냄새 때문에 숨이 막힐 것 같아서 반사적으로 자리에서 일어나 바다 쪽으로 도망갔다. 그리고 옷을 입은 채 물속으로 첨벙첨벙 들어갔다. 물속에는 붉은 갈색의 해초가 엉켜 있었고 그 사이에 휴지가 한 장 떠 있었다. 해초는 내 발에도 감겼다. 해초를 떼려고 허리를 구부렸을 때 파도가 뒤로 밀려나 그 힘에 발이 떠밀려서 물속으로 넘어지고 말았다. 물속에서 누운 자세로 마신 물에서는 짠맛이 아니라 바나나 주스 맛이 났다.

　"하나 어때요?" 하면서 젊은 아이스크림 장수가 코앞에 아이스크림을 내밀었는데 노란색 바나나 모양으로 얼린 아이스크림이었다.

　"무농약이에요?" 나는 짓궂게 물었다. 장사꾼이 뭘 팔러 오면 나는 반사적으로 짓궂게 변했다. 방어 본능일지도 모르겠다.

　"당연하지요." 하고 대답한 아이스크림 장수는 그러나 더 이상 아이스크림을 권하지 않고 슬픈 얼굴로 못 박힌 듯 서 있기만 했다. 반바지 아래로 햇볕에 탄 긴 두 다리가 쑥 나와 있었다. 신고 있는 고무 비치 샌들은 여성용으로 고무 재질의 반들반들한 양귀비가 달려 있었다.

"고운 샌들을 신고 계시네요." 나는 무심결에 말했다. 그 말을 들은 아이스크림 장수는 내가 "무농약"이란 말을 했을 때보다 더 슬픈 얼굴을 했다. 나는 이제 어떻게 바로잡을 수가 없었다. 아름다운 청년을 보고 아름답다고 말할 수 없는 건 자유 침해지만 내가 그런 관광객이나 할 법한 말을 하려고 섬에 온 것도 아니고 설사 내가 아이스크림을 판다 해도 관광객이 그런 말을 했다면 기분이 좋지 않을 것 같았다.

"미안합니다."라고 말했을 때 아이스크림 장수는 이제 거기 서 있지 않았다. 나는 바닷가에 오지 말걸 싶었다. 바닷가에 앉아 있으면 누구나 관광객과 비슷해진다.

반복해서, 셀 수 없을 정도로, 예는, 들 수 있다, 값싸게 하는 전시의, 찬스, 로서, 잡힌다, 구경거리로 삼아진다, 겁나지 않는다, 숨으려고도 하지 않고, 먹이가 되지도 않고, 죽임도 당하지 않고, 정화도 되지 않는, 몸, 은 무용함, 본보기로, 여기서는, 영원한, 패배자, 안 어울리는, 몸, 기성품의, 외투 따위, 입을 수 없는, 몸, 언제라도, 치수에서, 벗어났다, 그리고, 몇 번, 비틀어 보아도, 뒤집어 보아도, 그래도 여전히, 의외의, 알아채지 못했다, 겹눈이, 보석의 깎인 면이, 나타난다, 빛난다, 반짝인다, 어떤 사진으로도, 표현되는, 을 할 수 없는….

햇빛은 멀어지더니 모래색 언덕길을 대각선 위에서 아슴푸레 비추기 시작했고 그래서인지 언덕길 곳곳에 서 있는 선인장이 문지기처럼 보이기도 했다.

"집에는 아무도 들이지 마세요."

나는 선인장을 사람 이상으로 신뢰하고 존경했다. 선인장은 잎이 사각대지 않아 바람이 세게 불어도 소리를 내지 않는다. 그 선인장 뒤에 바짝 다가와서 웅성대는 군중이 있는 듯 느껴졌지만 만약 있다면 그건 틀림없이 바나나 나무들일 것이다. 바나나 나무들이 밤 외출을 허락받아서 바나나 밭 담을 넘어 밖으로 나왔다고 가정한다면, 이제부터 다 같이 언덕길을 올라 천체관측소 뒤에 있는 술집에 속된 쇼를 보러 가는 게 분명했다. 그 술집은, 내과 의사한테서 들었는데, 정식으로 결혼한 부부가 좁은 무대에서 끝없이 교접하는 장면을 관광객이 구경한다고 했다. 특이한 행위나 너무 노골적인 행위는 절대 하지 않는다고 한다. 내과 의사는 자기가 아니라 친구가 그 쇼를 본 일을 신나게 이야기했다.

나는 방의 불을 켤까 말까 망설였다. 번역을 하고 있는 내 모습이 홀로 섬의 어두운 언덕길에 비치는 광경을 떠올리면 오싹하다. 나는 솔로 연주자처럼 비치기보다는 보이지 않는 곳에서 작가의 등 뒤에 숨어 아무도 모르게 번역을 끝내고 싶었다.

"저 집에 누가 와 있는 것 같아."

"그런데 알레르기가 있는 체질 같더라고."

"그리고 무슨 번역도 하는 것 같고."

"건방지게 호랑이 무늬 참외도 먹는다지."

전부가, 없어져 버렸다, 그러나, 힘차게, 비단벌레의 초록빛으로 빛나며, 거칠게, 또는, 부드럽게, 가시를 붙이고, 이빨을 붙이고, 또 동시에, 두둥실, 불어서 흩어지고, 엉키고, 엮이고, 또, 그림자처럼, 어둡게, 몸을 굽히고, 또는, 가슴을 펴고, 그것은, 다가온다, 눈앞에, 마음속으로, 다가온다, 그에 비하면, 영웅처럼, 허리를 펴고, 다가온다, 가해자는, 영원히, 살겠지, 가해자는, 어찌나, 평범하고, 시시하고, 겠지, 그저, 본인은, 아직, 모른다, 그걸, 깃털 장식에 지나지 않는다, 금속의, 외피에 지나지 않는다, 그 갑옷 안쪽에는, 활자 상자*와 꼭 닮은, 서랍이, 몇 개나, 숨겨져 있다, 일지도 모른다, 그리고, 투구의, 얼굴 보호대의, 뒤에는, 아마도, 창백하고 야윈 얼굴, 이 있다….

내 만년필은 원문 글자에 가볍게 닿아 얼룩을 만들더니 공중을 빙빙 돌다가 원고지 위에 무사히 내려앉아 구불구불 비뚤어진 글씨로 번역문을 쓰기 시작했다. 나는 아무 생각 없이 손을 계속 움직일 뿐이었다. 어두워서 등을 구부려야만 글자가 보였다. 창문을 닫았는데도 바깥의 사각대는 소리가 시끄러웠다. 불을 켜지도 않고 소리도

---

* 금속활자 인쇄에서 활자들을 분류해 보관했던 상자로, 큰 사각형을 여러 칸으로 나눈 모양을 하고 있다.

안 내고 더구나 내가 무얼 하는지도 잘 모르는 채로 나는 작업을 계속했다. 글자가 모두 뚫려 있었다. 하지만 나는 무감각하진 않았다. 무기력하지도 않았다. 외려 나는 뚫린 곳을 발견할 때마다 일일이 손을 넣어 볼 정도로 호기심으로 가득 차 있었다. 작가와 나는 둘이서 화산이 폭발한 분화구의 둘레를 걸었다. 분화구는 개미지옥 같은 막자사발 모양에 시커멓고 성긴 모래로 덮였다. 우리가 걷는 길 양옆에는 바위에 뚫린 구멍이 옆을 향해 나 있곤 했는데 파인애플 하나가 들어갈 만한 크기였고 바위가 꼭 거품을 내며 보글거리는 오수처럼 보였다. 나는 구멍에 손을 넣어 볼 때마다 뜨거움에 나도 모르게 소리를 질렀다. 작가는 내 목소리가 들리지도 않는지 뒤돌아보지도 않고 앞으로 쑥쑥 걸어갔다. 나는 일부러 속도를 늦춰서 작가가 멈추기를 기다렸다. 그러자 작가는 멈추기는커녕 점점 더 빨리 발을 옮겨 나를 떨어뜨렸다.

"그렇게 서둘러 봤자 저도 마음만 먹으면 따라잡으니까요. 수영은 잘 못 해도 달리는 건 잘하니까요."

내가 짓궂게 말하자 작가는 이제 분화구 안쪽으로 내려가기 시작했다. 작가의 발이 검은 모래에 푹푹 빠지면서 아래로 아래로 끌리듯 내려가는 모습이 또렷이 보였다. 작가는 모래에 반항하지 않고 시원스레 쑥쑥 내려갔다. 그러면서 작가는 혼잣말하듯이 계속 중얼거렸다.

"이제는 좀 포기하고 쉬라고 하더라고요, 보험 판매원이. 안과 의사도 그렇고, 돋보기안경을 맞출까 싶어

57

상담하러 갔을 뿐인데. 학창 시절 담임선생님도 그렇게 말하고, 장례식에서 만났을 뿐인데. 쓸데없는 참견. 어머니도 그렇게 말씀하시질 않나, 아파서 보살펴 드렸더니. 그 거만한 연출가까지 그렇게 말하고. 쓸데없는 참견, 정말로 쓸데없는 참견. 나이가 들었다고 모두들 여자이길 포기시키려고 해요. 그러니까 이제 소설 그만 쓰라는 거예요."

　　나도 작가를 따라서 분화구 안쪽으로 내려가려고 했는데 검은 모래에 발이 빠지는 게 무서워서 앞으로 나아가지 못했다. 나는 뭔가가 한번 무서우면 발이 굳어져서 앞으로도 뒤로도 나아가지 못한다. 나는 겁이 많은 데가 있어서 물도 무섭고 모래도 무섭다. 게오르크도 무섭고 일도 무섭다.

　　"아아. 지긋하다. 지긋해. 지긋해."

　　작가는 그렇게 말하며 쑥쑥 내려간다. 분명 나한테 하는 말은 아니다. 내가 있는 것도 잊어버리고 내가 못 알아듣는 말을 하며 쑥쑥 내려가니. 작가에게 나는 필요하지 않다. 번역가 따위는 있든 없든 상관없는 듯하다.

　　"경험은 쌓기 위해서가 아니라 부수기 위해서 있잖아요."

　　"기다리세요."

　　"작품 스타일이라니 우스워요. 어느 페이지를 보든 문체는 한 번만 나오니까 작품 스타일 같은 건 없어요. 반복하는 건 질색이니까요. 축적하는 것도 질색이에요."

작가는 그렇게 말하며 한 번 내 쪽을 뒤돌아봤지만 전혀 모르는 지나가는 사람이기라도 하듯 표정을 바꾸지 않고 다시 앞으로 얼굴을 돌렸다. 나는 넘어지지 않게 조심조심하며 몸을 구부려 모래를 퍼서는 작가의 등에 힘껏 던졌다.

그리고, 공주는, 어딘가에서, 안전한, 거리를 두고, 신의 군인의, 등 뒤에서, 싸움을, 얌전하게, 진심으로 순종하며, 보고 배우고 있다, 하고 싶은 말을 할 자격은 없다, 예의 바르게, 내리깐 눈으로, 그저, 기다릴 뿐, 그리고, 전부를, 경건한, 부탁에, 자기를 위해서, 갑옷에 싸인 남자, 를 위해서, 시중을 든다, 자기를 위해서, 구제자, 보호자, 성의 관리자에게, 은혜를 잊지 않는다, 위해서, 괴물은, 지옥으로 가 버려라, 하고 바랄 수밖에 없다, 그것은….

나는 젊은 여성은 그렇게 아름답지 않다고 말하려 한 적이 몇 번 있었지만 뭔가 오해를 할 것 같기도 해서 말하지 않은 적이 많았다. 이를테면 작가한테 그 말을 한다면 내가 작가보다 젊은 것에 우월감을 느끼면서 마음에도 없는 소리로 칭찬한다고 생각할 것이고, 편집자한테 그 말을 한다면 분명 이제 내가 젊지 않으니 지고 싶지 않은 마음에 하는 말이라고 생각할 것이고, 또 나보다 젊은 여성한테 그런 말을 한들 부질없고 큰 실례다. 그렇지만 나는 정말로 그렇게 생각했다. 젊고 생기 있는 여성은 거의

59

본 적이 없고 대부분 '제물'처럼 괴로워 보였다. 얼굴은 창백하고 몸에 조금 안 맞는 커다란 장식을 어딘가에 걸치고 있으며 약간 진한 립스틱을 어느 날 갑자기 바르고 와서는 다른 사람의 잔인한 심리를 자극한다. 피부는 차가워 보이고 전날 밤을 울며 지샜는지 눈 밑에 다크서클이 희미하게 끼어 있어 자기는 역시 안 된다는 듯 약하게 보여서 다른 사람의 동정을 받으려 하는 것 같고, 원래보다 순진하게 보여서 자신을 안전하게 방어하려는 모습이 엿보이기도 한다. 그런 무의식의 연기가 나한테는 아름다움과 멀게 느껴졌고 잔인한 룰처럼 생각돼, 중년 여성을 볼 때마다 어서 저렇게 되고 싶다고 오래 기다렸다.

입술의 의무, 여자는, 염원한다, 이지 않은가, 진심으로 염원하지는 않는다, 왜냐하면, 마음은, 심장은, 어디로 갔다, 아마도, 가라앉아 버렸다, 미끄러져 떨어졌다, 밑으로, 속옷 밑단보다, 더 밑으로, 아마도, 묶였다, 그리고, 좀도둑처럼, 떨면서, 비브라토*를 하면서, 심장은, 어둠 속으로, 피의 강으로, 떠내려가 버렸다, 빙글빙글 돌면서, 전나무의 진한 녹색, 보라색, 복사뼈까지 내려오는, 멋있는 옷의, 밑으로, 그리고, 더욱, 심장은, 모든, 주름, 장식, 바느질한 자국, 뒤쪽으로, 저쪽에도, 있을지 모른다, 큰 뱀의, 도깨비의, 괴물의, 혀 위에, 또는, 목구멍,

---

* 악기 연주나 성악에서 음을 떨어 울리게 하는 기법.

속에, 살인 청부업자인 영웅이, 몇 번이나, 몇 번이나, 겨냥하고, 내찔러야 한다, 목구멍, 그 속으로….

나는 집 뒤에 있는 무화과나무 수풀을 헤쳐 나가 차도로 나왔다. 며칠 전 아직 가게가 어디에 있는지 몰랐을 때였다. 가게는 틀림없이 집보다 높은 곳에 몇 군데 있으리라고 아무 근거도 없이 철석같이 믿고서 빵을 사러 차도를 올라갔다. 차도라 해도 포장된 길은 아니고 길 양옆에 돌을 깔았을 뿐인 어느 정도 넓은 길이라서 차도 지나갈 수 있다는 말이고, 사실은 아무리 올라가도 차도 사람도 보이지 않았다. 숨을 가쁘게 쉬며 잠시 가만히 서 있자 카나리아가 날아와 근처 관목에 앉았다. 카나리아는 도무지 흉내 낼 수 없는 빠른 리듬으로 뭔가를 지저귀었다. 야생 카나리아를 본 건 처음이었다. 나는 새를 거의 알지 못하고 새에게 관심도 없었다. 그런데 카나리아가 나타나자 눈을 뗄 수가 없었으니 기이한 일이었다.

　　잠시 후 뒤에서 차 엔진 소리가 천천히 들려왔다. 나는 돌아보지 않고 옆으로 비켜서 계속 걸었다. 길이 그렇게 넓진 않았지만 내가 옆으로 비키면 나 한 사람을 추월해 갈 여유는 충분히 있었다. 돌아보며 반응을 보이기가 귀찮아 돌아보지 않았는데 상대는 그걸 이상하게 느낄지도 모를 일이었다. 나는 잠시 기다렸으나 엔진 소리만 커질 뿐 차는 좀체 나타나지 않았다.

　　이 섬의 노인들은 차를 모는데 보행자를 앞질러 가

는 건 부끄러운 일이라고 생각하는 것 같다. 중년들도 속도를 높이지 않는다. 다만 어린 소년들이 한밤중에 오토바이로 점프를 해 바다에 텀벙 빠져서 죽는 사건이 가끔 있는 정도다. 나는 이제서야 뒤돌아보기도 무엇해서 그대로 앞으로 계속 걸었다. 타이어가 돌멩이를 밟아 뭉개는 소리가 또렷이 들리니 틀림없이 차는 내 등에 달라붙을 정도로 가까이 다가오고 있었다. 그때 나는 거기서 길이 끝났음을 깨달았다. 길은 갑자기 끊겨서 위를 봐도 아래를 봐도 가파른 비탈길로만 이어질 뿐 '앞쪽'이라 할 만한 방향이 사라졌다. 차는 내 바로 뒤에서 멈췄다. 용기를 내서 뒤돌아보자 머리에 수건을 감싸고 험악한 얼굴을 한 남자가 손에 반짝거리는 물건을 들고 차에서 뛰어내렸다. 무지막지하게 큰 키에 마른 남자. 그 사람은 나를 보더니 미소도 짓지 않고 다가왔다.

나는 소리를 지를 뻔했다. 하지만 나를 공격하리라고 생각한 건 오해였고 남자는 내 발밑에서 쭈그려 앉았을 뿐이다. 쭈그려 앉아 밑을 보며 손에 든 칼로 질경이 잎을 자르기 시작했다.

나는 한시름 놓았다. 그러자 이제는 갑자기 나쁜 짓이라도 한 기분이 들어서 방해되지 않게 재빨리 왔던 길을 돌아가려고 했더니 소형 트럭이 길을 가로막고 있어서 그 맞은편으로 나아갈 수가 없었다.

"끝나면 태워 드릴 거니까요."

남자는 얼굴을 들고 말했다. 이마에는 벌써 땀이

배어 있었지만 모아 놓은 질경이 잎은 적어서 커다란 포대 자루에 홀홀 들어가자마자 사라지는 것 같았다. 질경이는 지금 시기에 모아서 건조시켜 놓았다가 겨울에 염소 먹이로 준다고 한다. 하지만 나는 포대 자루가 가득 찰 때까지 기다려야 한다고 생각하자 몹시 불안해져서 말했다.

"안 돼요. 도저히 못 기다릴 것 같은데요."

남자는 내 말에 대답하지 않고 다른 이야기들을 하기 시작했다. 남자는 카나리아 무리섬의 본섬에 있는 대학에서 물리학을 공부하고 있는데 지금은 방학이라 이 섬에 와서 부모의 잡일을 거들고 있다고 한다. 질경이를 자르고 있다고 해서 물리학을 전공하는 대학생이 아니라는 법은 없다고 수긍하면서 나는 소형 트럭에 기대어 잠시 동안 남자가 풀베기하는 모습을 지켜보았다. 돕고 싶지는 않았다. 나는 식물을 맨손으로 만지기가 꺼림칙했고 남자 옆에 쭈그리고 앉고 싶지도 않았기 때문에 선 채로 멍하니 있었다.

"당신은 여행이에요? 아니면 성매매?"

나는 내 귀를 의심했으나 남자는 확실히 그렇게 말했다.

"둘 다 아니에요."

"그래요. 하지만 닮았어요." 하고 남자는 내 얼굴을 가만히 쳐다봤다. 누굴 닮았냐고 물어서 이야기를 계속하고 싶지는 않았다.

"번역을 하러 왔어요."

나는 이야기가 길어지지 않는 방향으로 그렇게 말했는데 남자는 시시하다는 듯 시선을 딴 데로 돌리며 말했다.

"높으신 분이네요."

우연히도 그건 게오르크의 말버릇이었다. 높으신 분이란 말을 들으면 나는 늘 용기가 부서져 화가 나도 화를 내지 못할 정도로 무릎의 힘이 빠진다. 남자는 내가 한참 입을 다물고 있자 이상하다고 느꼈는지 얼굴을 들었다. 그 얼굴엔 뭔가 날카로운 호기심 같은 것이 빠르게 스쳤다. 나는 그것을 못 본 척하고 소형 트럭을 기어올라 먼지 가득한 짐칸을 넘은 다음 인사도 없이 왔던 길을 돌아갔다.

심장은, 이제, 해선 안 된다, 박동해서는, 피를 끌어 올려서는, 약동해서는, 안 된다, 심장의 아픔, 전부 사라졌다, 않으면 안 된다, 적어도, 쓰노카쿠시* 안쪽에서는, 욕망의, 늪 따위, 벌써 말라 버렸다, 게오르크와 마찬가지로, 처음부터, 완전히 말랐다, 육체의, 욕망이, 그 사람에겐, 멀어진 채로, 계속 있었다, 라는 식으로, 공식 보고서에도, 쓰였다, 물은, 그리고, 눈물은, 바싹 마른다….

---

* 일본 전통 결혼식에서 신부가 쓰는 흰색 모자.

64

녹슨 가위의 색깔을 띤 도롱뇽이 창가에서 조르르 움직였다. 바깥은 이제 새까맣게 어두웠고 선인장도 안 보이고 야자수도 안 보이고 바나나 나무도 물론 한 그루도 보이지 않고 이따금 잎이 스치는 소리만 들렸다. 누군가가 소곤소곤 이야기하는 듯한 소리가 신경 쓰였는데, 어두운 곳에서 듣고 있자니 마치 방 안에 사람이 있는 것 같았다. 하는 수 없이 불을 켰더니 속삭이는 소리가 한 번 멀어지더니 다시 조금씩 돌아왔다. 밖에서는 집 안이 훤히 보였겠지만 여기서는 아무것도 보이지 않았다.

"이제 곧 끝나니까 조용히 하세요."

소곤거리는 소리는 사각거리는 소리로 변했고 점점 요란한 소리로 변해 갔다. 나는 부엌으로 가서 수돗물로 이마를 식혔다. 그러고는 마시면 안 된다는 걸 알면서도 수돗물을 조금 마셨다. 달리 마실 게 없었다. 그러자 갑자기 졸음이 몰려왔다.

"자지 마시오."

"자면 얼굴을 몰라본다."

"자도 제때에 끝낼 수 있다."

바람은 밤새도록 불 예정인가. 어쩌면 바람이 불지 않을 수도 있었다. 출처를 알 수 없는 사각거리는 소리는 점점 세밀하게 들리는데, 그에 비례해 눈앞의 글자는 희미해져서 점점 이해할 수 없다.

안에, 담긴 채, 젊은, 공주는, 인생의, 어느 시기부터, 다른, 시기로, 시든다, 그러나, 거의, 남의 시선을 참으며, 또, 바뀌는 상태에, 있는 듯하다, 무슨 일이 있어도 하며, 그 사람은, 뭔가를, 완전히, 붙잡고 싶다, 것 같다, 그리고, 큰 뱀을, 결국엔, 붙잡고 있다, 서서히, 자기 자신의 죽음으로, 발을 들여놓는다, 큰 뱀은, 울음소리를 내면서, 양말, 또는, 벨트, 이다, 그 끈의, 끝은, 큰 뱀의, 목에, 감겼다, 다른 한쪽의, 끝을, 붙잡고 있다, 그 사람은, 양손으로, 양손은, 같은 하나의 끈에, 걸려 있다, 이 끈으로, 그 사람은, 큰 뱀을, 혹은, 큰 뱀은, 그 사람을, 마을로, 끌고 간다, 끌려간다, 마을에서는, 한 번의 공격으로, 목이 잘린다, 그리고, 그 사람은, 세례를 받는다….

창유리엔 내 얼굴만 비치고 지금은 아무것도 비치지 않을 텐데, 뭔지 모를 어두운색 덩어리가 보였다. 어두운 덩어리 가운데서 빤짝 뭔가가 빛났다.

　　"엿보지 마세요."

　　나는 목이 말라서 그런지 서두르는 모양새가 됐다. 창유리가 달칵달칵 흔들리는데 꼭 여러 사람이 한꺼번에 휘파람을 부는 듯한 소리가 들렸다.

　　"바람이라면 바람답게 다시 등장하시죠."

　　폭소가 터져 나왔다. 분명 나를 보고 웃는 것일 테다. 나는 오른쪽 팔꿈치를 거칠게 긁었다. 살갗이 벗겨지고 손끝이 피로 붉게 물들었다. 나는 마루에 떨어져 있던 더러운 수건을 들어서 가다랑어 포를 갈기라도 하듯 힘

주어 닦았다.

"더럽구나."

"개의치 않는 것 같은데?"

"일부러 더럽게 하는 것 같아."

책상 앞에 달려들 듯 앉아 마지막 글자를 적는다.

유화 속에서, 또는, 서 있는 동상이 되어, 숭상하는, 큰 뱀은, 이미 벌써, 심하게, 박살이 났다, 머리, 돌아본다, 마치, 아직, 기회는 있다, 라고 말하는 것처럼, 살인 청부업자에게, 찢어질 듯 크게 벌린 입으로, 피가 넘쳐흐르는 입으로, 붉게 찢어진 상처와 똑같은, 입으로, 결코 낫지 않을, 이제 다물 수가 없는, 입으로, 소리를 지르고, 소리를 질러, 그리고, 울부짖고, 신음하고, 몸의 말, 심장의 말, 그림 속에 있다, 조상 대대로, 침묵당한 말….

나는 부엌으로 달려가서 수돗물을 여러 잔 마셨다. 그리고 부엌 식탁에 엎드려 삼십을 셀 동안 자기로 했다. 삼십까지 다 세면 원고지를 접어서 봉투에 넣은 다음 수신인 이름을 쓰려고 했다.

그런데 삼십을 다 세고 일어서자 날이 밝았다. 놀라서 책상으로 돌아오자 원고지가 그대로 쌓인 채 있었다. 창밖을 봤더니 바나나 밭은 지평선 근처까지 멀리 가 있었다. 동쪽 하늘에는 상처 딱지를 연상시키는 검붉은 구름이 떠 있었다. 뜯어 보고 싶을 정도로 풍성한 딱지였다. 나는 급히 원고지를 접어서 봉투에 넣었다. 그랬더니 내가 왜 원고지를 삼각형으로 접었지 하고 갑자기 생각났다. 내가 생각해도 이상해서 봉투를 다시 열어 원고지를 꺼내 봤더니 삼각형이 아니라 제대로 사각형으로 접어져 있었다. 그러나 제목이 적혀 있지 않았다. 그건 당연하다면 당연했는데 나는 제목을 번역하는 걸 까맣게 잊었던 것이다.

"제목은 내일 전화로 알려 드리겠습니다."

원고지 말미에 만년필로 그렇게 쓰자마자 나는 안 좋은 기억이 떠올랐다.

"수성잉크 펜은 절대 쓰지 마세요." 하고 편집자가 전화로 말했던 일이다. "괜찮지 않나요? 비행기니까 바다에 떨어져 글자가 번질 염려도 없고." 내가 짐짓 밝은 목소리로 대답하자, 에이 씨가 나중에 말해 주길 그 일로 편집자는 화가 나서 내가 고약한 사람이라고 했다고 한다. 이 수성잉크를 편집자가 본다면 분명히 내가 일부러 그랬다고 생각할 터였다. 이제 와서 전체를 다시 쓸 수는 없었다. 왜냐하면 우체국 직원이 나 때문에 특별히 딱 아홉 시에 창구를 열어 주겠다고 했으니 틀림없이 기다리고 있을 텐데 그 마음을 배신하기는 괴롭기 때문이다. 뭐니 뭐니 해도 그 직원은 내 일을 이해해 줄 수 있는 유일한 섬사람인데 직원의 마음을 배신하면서까지 잉크 종류에 매달릴 수는 없었다. 수성이 뭐 어떠냐며 나는 잡아뗐다. 수성이어도 괜찮다. 번질 것은 스스로 번진다. 사라질

것은 스스로 사라진다. 이제 문제는 잉크가 무엇이냐가
아니었다. 슬리퍼를 힘차게 벗는 것까지는 좋았는데 밖
에서 늘 신는 구두가 어디론가 사라져 버리고 현관문 밖
에 없었다. 근처에 사는 어린아이가 훔쳐 갔는지도 모른
다. 나는 왜 하필 어제 신발을 밖에 두었는지 생각해 봤
으나 지금 와서 다시 생각해 봤자 소용없었다. 소용없다
고 생각한 순간 왜 어제 현관문 밖에 신발을 두었는지 깨
달았다. 안에 물이 들어가 젖었기 때문이었고 말리려고
밖에 놔뒀었다. 그런데 왜 어제 발이 젖었는지는 생각나
지 않았다. 물이 있는 강으로 간 기억이 없었다. 섬에 온
뒤로 한 번도 물이 있는 강을 본 적이 없다. 이런 생각을
해 봤자지만. 물은 무역 문제이니 내가 어떻게 할 수 없
다. 물이 아까우면 바나나를 그만 수출해야 한다. 하지만
그러면 외화가 유입되지 않으니 수입도 못 하게 된다.

　　나는 집 안 그릇장을 차례대로 열어 봤다. 그러자
그릇장 맨 아래에서 새끼 염소를 통째로 삶을 때 쓰는 커
다란 철 냄비가 나왔고, 그 안에 빨간 양모 신발과 『황금
전설』과 지하실 열쇠가 숨겨져 있었다. 아무리 잘 숨겨도
나처럼 예상 밖의 곳을 잘 찾아내는 재능이 있는 사람의
눈을 피할 순 없다며 나는 흐뭇해했다. 빨간 양모 신발은
본 기억이 있었다. 나는 그런 신발을 런던국립미술관에
서 본 적이 있다. 파올로 우첼로의 그림에서 공주가 신은
신발이다. 성 미카엘이 이런 신발을 신고 뱀을 짓밟는 그
림도 있었다. 피에로 델라 프란체스카의 그림 속에서 미

카엘의 눈빛은 끔찍했다. 뱀을 밟아 죽이다니. 뱀을 짓밟는 신발이라니. 나는 그런 신발을 신고 싶지 않았다. 신기만 해도 미카엘의 공허하고 잔인하고 극심하게 피곤하고 만족스럽지 못한 눈빛이 전염될 것 같아 도무지 신고 싶지 않았다. 공주의 눈빛이 전염된다고 생각하면 더 신고 싶지 않았다. 전염이랄 것도 없이 이미 나는 틀림없이 공주와 비슷한 눈빛으로 서 있던 적이 있을 터였다. 그걸 알지도 못한 채. 그래서 더더욱 신고 싶지 않았다.

하지만 달리 신을 신발이 없으니 어쩔 수 없다. 양모 신발을 신고 나서 봉투를 들고 집을 나서려고 했는데 집 열쇠가 보이지 않았다. 지하실 열쇠가 나왔으니 그 대신 집 열쇠가 사라진 것일 테다. 무역이 줄어들거나 자연이 균형을 찾는 일도 그와 비슷하지 않을까. 뭔가가 나왔다고 기쁘게 한 다음 실은 뭔가가 사라진 일을 숨기려고 한다. 하지만 나는 그걸 알고 있어도 집 열쇠를 찾을 시간이 없다. 아침에 무역선 첫 배가 도착하면 게오르크가 거기 타 있을지도 모른다. 아니면 게오르크는 첫 비행기에서 내릴지도 모른다. 그 전에 나는 어떻게든 내 일을 우체국에 넘겨야 한다.

'오 분 뒤에 돌아옵니다.' 나는 종이쪽지를 써서 문 사이에 껴 뒀다. 그렇게 하면 도둑도 내가 바로 돌아올 줄 알고 마음 놓고 도둑질하지 못할 거라 생각해서였는데, 언덕길을 내려가는 순간 또 걱정이 됐다. 그런 쪽지를 쓰면 반대로 내가 집에 없는 걸 들켜 버린다. 어쩌면 내가 저 집에 머물고 있는지 아무도 모를지도 모르건만 그런 쪽지를 쓰면 내가 저 집에 머물고 있고 게다가 지금 딱 집을 비운 중임을 들켜 버린다. 하지만 다시 수고스럽게 언덕길을 올라 종이쪽지를 없앨 시간이 나에겐 이제 없었다. 그렇게 하면 우체국 직원은 내가 안 와서 화가 나 문을 닫아 버릴 수도 있다. 번역가는 역시 믿을 수 없다는 결론을 내릴지도 모른다. 그때 나는 길가에서 머리가 곱슬인 여자가 강아지를 안고 앉아 있는 걸 보았다. 언젠가 말을 나눈 적이 있는 여자. 그것만으로 아는 사람을 만난 듯 친근함을 느꼈다.

"갈색 강아지 받지 않으시겠어요?"

여자는 나를 보더니 인사도 없이 그렇게 말했다.

"죄송한데요, 저 야자수 옆에 집이 있는데 문에 종이쪽지가 끼어 있어요. 그걸 빼서 버려 주지 않으시겠어요? 안 그러면 큰일 날 수도 있는데 저한테는 지금 그럴 시간이 없거든요."

낯 두껍다고 생각은 했지만 나에겐 달리 부탁할 사람이 없었다. 여자는 무릎을 한 번 탁 치더니 친근한 웃음을 지으며 말했다.

"나 원 참."

그런 말을 해도 하는 수 없었다. 내가 조심하지 못했다. 만약 도둑이 들어와 전기 나이프나 다리미를 훔쳐 간다면 내가 물어내야 한다. 그보다 더 원치 않는 건 경찰이 집에 찾아왔을 때 시시콜콜 이야기를 해야 하는 일이었다. 섬의 경찰들은 사건을 조사할 때 며칠 동안이나 이것저것 캐묻는다고 한다. 좀처럼 사건이 일어나지 않아서 일어났을 때 기록을 엄청 남겨 두는 것 같다. 나는 개인적인 일을 꼬치꼬치 심문하는 일이 질색이었다. 예를 들면 왜 섬에 남편을 데리고 오지 않았는지부터 시작해 남편이 없다고 하면 그 이유를 묻고 집주인인 독신 내과 의사와의 관계까지 묻는다. 내과 의사가 내 애인이 아니라고 말하면 왜 그 사람 집에 있는지, 그 대가를 어떻게 지불하는지 묻고 번역을 한다고 말하면 인세가 얼마 들어오는지, 또 들어오지 않는다면 편집자는 어떻게 대가를 지불하는지 묻는다. 지불하지 않는다면 혹시 편집자가 내 애인은 아닌지, 아니면 옛날에 애인이었던 건 아닌지 묻는다. 아니라고 말하면 실제 애인은 무슨 비행기로 오는지, 만약 애인이 없다면 배를 타고 온다는 게오르크는 뭐 하는 사람인지, 또 게오르크하고 같이 잔 적이 있는지 묻는다. 잔 적이 없다고 말하면 어느 정도 깊은 관계인지, 관계가 전혀 없다면 왜 없는지, 왜 관계가 진전되지 않았는지 묻는다. 경찰은 그런 질문들을 할 것이 뻔했다. 집에 찾아와서 남자가 그런 질문을 한다면 경찰복을 입고 있지 않아도 바로 경찰임을 안다. 나는 그 정도로 경찰이 자주 하는 질문에 신경이 날카로웠다. 한번 경찰의 장단에 놀아나면 문학 번역은 고사하고 매일매일 도망갈 수도 없이 휘둘리게 된다. 하지만 그 모든 일을 강아지를 안은 여자에게 설명할 여유는 없었다. 어떻

72

게 말해야 좋을지도 몰랐다. 나는 여자에게 아무 말도 하지 않고 언덕길을 뛰어 내려가기 시작했다.

"잠깐만, 잠깐만요! 기다리세요, 좀 기다리세요!"

가게 앞을 달려 지나갈 때 안에서 주인이 나를 불렀다. 나는 이 수다쟁이 아주머니와 이야기할 시간이 없었지만 가게에서 염소젖 냄새가 흘러나오자 바로 심한 공복을 느껴서 이대로 우체국까지 못 갈 것 같았다. 하는 수 없이 가게에 들어가 염소젖 치즈 한 조각을 손에 들고 재빨리 입안 가득 넣었다. 그때 문득 지갑을 집에 놓고 왔음을 깨달았다. 나는 엉엉 울고 싶었다. 지갑이 없으면 우체국에서 우표도 못 산다. 지갑을 가지러 갈 동안 우체국은 문을 닫아 버릴 것이다. 나는 정말로 울었다. 잠시 후 위를 올려다보자 가게 주인이 내가 우는 모습을 재미있게 쳐다보고 있었다. 연중무휴로 가게를 지키니 이런 재미밖에 없을 것이다. 다른 사람이 우는 모습은 과연 보고 있으면 재미있으니 어쩔 수 없다고 생각하면서도 문득 나는 내가 조금도 슬프지 않음을 깨달았다. 울고만 있을 뿐이었다. 누가 물어보지도 않았는데 나는 내가 왜 우는지 조리 있게 설명했다. 그러자 가게 주인은 수입산 홍차 깡통을 안에서 가지고 나오더니 열어서 그 안에 있던 지폐 뭉치를 아무렇게나 집어 내 두 손에 거칠게 쥐여 주었다.

"여봐요. 빌려줄게요."

지폐 뭉치는 감촉이 심하게 반질반질했고 가볍기까지 해서 아이들 장난감일 수도 있겠다고 생각했다. 장난감도 아닌 것보다는 나았다. 어쨌든 가게 주인은 분명히 나를 도와주고자 했다. 이유는 중요하지 않다. 이유 같은 건 없을 수도 있다. 심심해서 도왔을 뿐인지도 모른다. 나는 조금도 감사하는 마음이 들지 않는 것이 이상하면서도 지폐 뭉치를 집어서 가게를 부리나케 빠져나왔다.

바나나 밭 벽을 따라 길을 달리는데 언젠가 거기서 만난 밀짚모자를 쓴 남자가 나에게 "마감에 맞출 수 있을까요?" 하고 비꼬는 말투로 말한 일이 생각났다. 지금 생각하면 그 사람은 자기도 잘 이해하지 못하는 말을 하면서도 요점을 잡아내는 솜씨를 가지고 있었다. 그러나 지금 넘어지지만 않고 달리면 마감에 맞출 수 있다. 나는 달렸다. 달리다 보니 바닷가가 나왔는데 아직 사람이 없었다. 그런데 놀랍게도 탈의실 옆에서 일곱 살 정도 된 한 남자아이가 장난감이긴 하지만 금속으로 된 칼로 돌 같은 것을 세게 때리고 있었다. 나는 봉투를 단단히 가슴에 안고 다가갔다. 봉투를 누구한테 뺏겨서도 안 되지만 그 소년을 가만히 놔둘 수도 없는 일이었다. 왜냐하면 가까이 갔더니 예상대로 아이가 때리고 있는 건 돌이 아니라 동물이었기 때문이다. 목과 사지를 등딱지 안으로 집어넣은 거북이였다. 나는 아이 뒤에서 손을 가만히 잡았다. 말을 하려고 했으나 무슨 말을 해야 좋을지 몰랐다. 아이는 손이 뜨겁고 끈적끈적했다. 아이는 내 얼굴을 올려다보더니 갑자기 손가락으로 내 뺨을 꽉 꼬집었다. 순간 나는 "아야!" 하고 비명을 질렀다. 아이가 나를 괴롭히려고 한 건 아니었다. 이해하기 어려웠지만 그건 사실이었다. 아이는 순진한 목소리로 말했다.

"더러운 살이 붙어 있어서요."

아이는 더러운 것을 떼어 내려고 했을 뿐이다. 내 얼굴에 더러운 부분이 있어서 그것을 뜯어내려고 했을 뿐이다. 살은 떼어 낼 수 없다는 걸 몰랐을 뿐 친절한 배려심에서 한 행동이었다. 그러고 나서 아이는 내가 가슴에 안고 있는 봉투를 값을 매기듯 빤히 쳐다봤다. 위험을 느낀 나는 일부러 작은 목소리로 말했다.

"탈의실 훔쳐보러 갈래? 여자들 여럿이 옷을 갈아입고 있단다."

아이가 마음에 들어 할 줄 알고 그렇게 말했지만 바보 같은 소리였다. 말하고 나서 불쾌했으나 어쩔 수 없었다. 아이는 그다지 흥미를 보이지 않고 여전히 내 봉투를 빤히 쳐다봤다. 나는 아이 등을 밀다시피 해서 탈의실로 데려갔다.

"자, 엿보자. 재미있단다. 뭐든 다 보이니까."

그리고 문 열린 곳에 가서 아이의 등을 힘껏 밀었다. 아이가 텅 빈 탈의실 바닥에 엎드려 쓰러지자 얼른 문을 닫은 다음 문 앞에 무거운 돌을 쌓아 올렸다. 그렇게 하면 이제 아이가 나오지 못할 거라 생각했다. 아이는 몸은 작았지만 벌써 성 게오르크를 닮은 흔적이 있었다. 그래서 내 봉투를 훔치려고 한 것이다. 아이는 문을 밀든 두드리든 밖에 나오지 못할 것이다. 아이는 코가 부딪쳐 혼자 코피를 흘리고 있을지도 모른다. 이로써 안심하고 우체국에 갈 수 있다고 생각하자 마음이 가라앉았다.

그런데 해수욕장을 가로질러 걸어가고 있는데 멀리서 아이스크림 장수가 걸어오는 모습이 보였다. 이런 시간에 웬일로 아이스크림을 파나 하고 의아하게 생각했을 때는 이미 늦었다. 청년은 내 쪽으로 달려와 상자 안에서 청동 칼을 꺼낸 다음 그것을 보이면서 자신만만하게 웃었다. 아까의 남자아이가 어느새 이렇게 크게 자랐나 싶을 정도로 아이와 닮았다. 도저히 힘으로는 못 당할 것 같다. 나는 반사적으로 고개를 숙여 보였다. 청년은 내 앞에 멈추어 서서 내 어깨에 왼팔을 둘렀다. 오른손은 칼을 쥔 채였다.

나는 "난 도저히 못 당하겠는데." 하고 내뱉으며 등 뒤에 숨긴 봉투를 청년이 알아채지 않길 바랐다.

"그렇지 않으면서." 그러면서 청년은 내 머리를 정성껏 서툴게 쓰다듬었다. 하지만 원래는 머리카락이 아니라 피부를 만지고 싶었음을 알았다. 그 손가락은 먼저 귓구멍에 들어가려고 했으나 손가락이 너무 두꺼워서 들어가지 못하고 어깨에서 미끄러지기 시작해 훤히 드러난 팔뚝까지 또 팔뚝을 지나 팔꿈치까지 피부에 밀착한 채 내려갔다.

"살이 꽤 녹슬었네."

청년은 되레 기쁜 듯이 말했다. 말뜻을 확실히는 알지 못했지만 좋은 뜻이 아님은 분명했다.

76

"나이 들었으니까. 당신은 젊어서 좋겠지만."

나는 조심스럽게 말했다. 청년한테 속내를 들키면 끝이라고 생각했으나 그 속내가 뭔지는 생각해 봐도 알 수 없었다.

"그렇지 않아. 성숙한 거잖아. 피부가 벗겨질지도 모르겠군."

청년은 그렇게 말하고 칼날을 내 팔뚝에 가볍게 댔다. 아프다고 느낄 만한 통증은 없었으나 피부가 조금 벗겨져 칼끝에 축 늘어지면서 매달렸다. 팔뚝 살에 빨간 점들이 생기더니 피가 되어 흘러넘쳤다. 난 그 모습이 부끄러웠다.

"당신은 괜찮아. 언제나 뭐든지 정해진 시간 안에 맞출 수 있으니까. 나는 막판에 긴박할 때가 돼서야 시작하니까 안 돼. 게다가 당신은 한번 시작하면 집중해서 일하지. 난 안 돼. 정신이 산만해서. 그러니…"

나는 내가 왜 갑자기 그런 참회하는 말을 하기 시작했는지 머릿속 어딘가에서 의아했지만 다른 화제를 찾을 수 없었다. 방어 본능이었을 수도 있다.

"그리고 나는 야심이 부족해서 아무리 일해도 늘 같은 곳만 맴돌아. 당신은 개성이 있으니 사람들이 바로 이름을 기억해 주지. 나는 바로 잊혀. 내가 하는 일은 언어에 재능만 있으면 나보다 훨씬 잘하는 사람이 많은데 그런 사람들은 어리석게도 잘할 수 있는 이 일을 하지도 않아. 당신은 괜찮아. 커서 뭐가 될지 어릴 때 정했겠지.

77

그 결심이 변하지도 않았겠지."

"안 돼. 그런 사탕발림 해도 이제 늦었어." 청년은 가볍게 한 귀로 흘렸다. 칼날이 설 때마다 검붉은 살 조각이 보라색으로 변했다. 청년은 내 피부를 벗겨 낼 태세였다. 나를 위해서 반드시 그렇게 해야 한다고 생각하는 것 같았다.

"이제 걱정하지 마."

청년은 두어 번 중얼거렸다. 청년은 약간 창피해하면서도 자기 일에 자부심을 가지고 있어 보였다. 나는 아픔을 느꼈지만 몸을 움직일 수 없었다. 머릿속이 새하얘지는 것 같았다. 그렇게 끔찍했던 성 게오르크와 껴안고 있으니 당연하다면 당연했다. 하지만 그보다는 어서 봉투를 들고 도망쳐야 한다는 생각뿐이었는데 묘안이 떠오르지 않아 숨이 가빠졌다.

"괜찮아." 청년은 상냥하게 말했다.

"말은 어떻게 했지?"

퍼뜩 생각나서 물어보자 청년은 흠칫 놀라며 나를 떨쳤다.

"여봐. 저기 달려가잖아. 말을 매어 놓는 걸 잊었나 보네."

말 그림자가 방파제를 따라 달리는 모습이 보였다. 청년은 몸을 돌리더니 거기를 향해 전속력으로 달려갔다. 그 민첩함을 보니 말을 잃어버렸어도 과연 성 게오르크였다. 나는 우체국을 향해 언덕 위로 달려갔다.

그런데 우체국 앞길에 이르자 거기를 가로막고 서 있는 또 한 명의 성 게오르크가 있었다. 길 양쪽 가득히 팔을 벌려서 미소 짓고 있었다. 아까 청년과 달리 좀 통통했다.

"봉투는 이쪽으로 넘기시지. 가지고 있는 거 다 알고 있으니까."

나는 길에 주저앉아 버렸다. 더 이상 일어서지 못할 정도로 무릎의 힘이 빠져 버렸다. 남자는 눈동자를 동글동글 굴리면서 말했다.

"뭐야. 그럴 의도는 없었는데. 농담이야. 그렇게 심각하게 받아들이면 곤란해. 화가 좀 나서 그렇게 말했을 뿐이니까. 여행 일정을 거짓으로 말했잖아. 그래서 화가 났어. 그뿐이야. 이제 됐어."

그건 사실이었다. 나는 모두에게 여행 일정을 거짓으로 말했다. 다른 섬의 이름까지 들먹여서. 하지만 공항에서 게오르크의 친한 친구와 딱 마주쳤을 때는 이제 안 되겠다며 그만뒀다.

"자, 일어서시지. 이제 됐어. 에스프레소라도 마시러 가서 서로 푸는 게 어때?"

남자는 내 팔을 잡고 일으켜 세웠고 나는 남자의 두툼한 가슴에 파묻혀서 걷기 시작했다. 갑자기 유칼립투스* 향이 감돌아 놀라서 고개를 들어 보니 길가에 유

---

* 주로 열대지방과 호주에 분포하는 나무로 화분으로도 키운다. 키가 큰 나무로 높이가 90미터가량 되기도 하며, 잎에서 향기가 난다.

칼립투스 한 그루가 우리를 내려다보듯이 서 있었다. 이대로 괜찮을지 모른다. 이대로 괜찮을 것 같은 느낌이 든다. 이제 봉투 일은 다 잊어버리고 그대로 놔두자.

　　우리가 들어간 곳은 우체국 뒤에 있는 카페이자 바였다. 들어간 순간 홰에 앉은 새처럼 앉아 있는 남자들이 일제히 돌아보았다. 파파야 리큐어 냄새가 주위에 그득했다.

　　"힘들었지?" 남자는 내 어깨에 팔을 두르며 귓불을 핥기 시작했다. 그러자 남자들이 우리에게서 일제히 눈을 돌렸다.

　　"힘들다고 할 만한 일은 없었지만…."

　　"외로웠지?"

　　"섬사람들하고 많이 얘기했으니까. 또 일도 있었고."

　　"높으신 분이네."

　　"일은 일이니까."

　　"이제 걱정하지 마."

　　"언젠가는 번역을 다 끝내겠다고 생각했는데."

　　"높으신 분이네."

　　"지금 뭐라고 했지?"

　　"당신한테는 무리야. 하지만 이제 잊는 쪽이 좋아."

　　"어깨가 굳어 버렸어."

　　"어깨에 힘이 안 들어간 사람은 상냥하지."

　　"시간이 없었으니까."

"끝난 일은 하는 수 없어."

"화장실에 갈 시간도 없이 아침에 바빴어. 정말로 시간이 없었어."

"에스프레소는 아직인가?"

"잠깐 실례."

나는 갑자기 이상한 정열이 가슴을 꽉 붙잡아 자리에서 일어섰다. 지금밖에 없다. 아직 늦지는 않을 것이다. 지금을 놓치면 뒷일을 감당할 수 없게 된다.

나는 카운터 뒤쪽에 있는 화장실로 갔다. 들어갔더니 파리 떼가 땀이 밴 목덜미에 모여들었다. 끈질기게 달라붙어 땀을 핥더니 그걸로 모자란지 내쳐도 내쳐도 뱅뱅 날아올라 공중에서 원을 그리고 나서는 다시 내려왔다. 화장실 안쪽에는 예상대로 뿌연 유리 창문이 있었다. 창문을 밀었더니 잠겨 있진 않았다. 나는 그 창문을 통해 밖으로 기어 나가 상반신이 밑을 향하게끔 떨어졌다. 떨어진 곳은 쓰레기 더미 같은 데였는데 썩은 과일 껍질이 기분 나쁘게 나를 감쌌고 파리 떼가 일제히 날아올랐다. 거기서 당황한 나머지 몸을 일으키려고 너무 빨리 움직인 것이 실수였다. 옆으로 넘어져 머리가 부드러운 뭔가에 박혀 버렸다. 콜타르* 같은 물질이 머리카락에 들러붙어서 떼려고 했더니 손가락만 까매져 진득거릴 뿐 떨어지지 않았다. 발을 단단히 디디고 일어설 만한 발판조차

---

* 석탄을 가열할 때 나오는 검은색 점성 액체.

81

없어서 일어서려고 하면 늪 같은 부드러움에 발이 푹 빠져 버린다. 물에 녹다 만 골판지 사이에서 두꺼운 포장지가 바스락바스락 소리를 냈다. 마침내 버려진 나무 상자 하나를 손으로 짚고 나서야 일어설 수 있었다.

쓰레기 더미는 우체국 뒷마당까지 이어졌고 그곳을 가로지르면 자전거 주차장이 나왔다. 주차장에는 자전거가 한 대 놓여 있었고 그 옆에 야자수가 한 그루 있었고, 그 야자수 뒤에 숨은 듯이 우체국 문이 있었다. 문은 잠겨 있지 않았다.

우체국은 물에 잠겨 있었다. 곳곳에 탁하게 고인 물이 있었고 그 속에 더러워져서 옅은 갈색이 된 종잇조각들이 수도 없이 떠 있었다. 입구 근처에서는 고무장화를 신은 또 한 명의 성 게오르크가 펜싱에서 쓸 법한 가는 칼로 계속 뭔가를 찌르고 있었다. 그 '뭔가'는 검붉은 색이었는데 고양이처럼 작았다. 그것은 반항하려는지 도망가려는지 탁한 물을 튀겼고 깔개의 자투리처럼 형태도 분명하지 않았다. 어쩌면 동물이 아닐지도 모를 일이었다. 성 게오르크는 심심풀이하듯이 실컷 칼을 휘두르더니 갑자기 이를 드러내며 미친 듯이 찔렀다. 성 게오르크는 때때로 으르렁대고 환성을 질러 댔는데 그 '뭔가'는 전혀 소리를 지르지 않았다. 원래 동물이 아니었던가 아니면 벌써 죽었던가 둘 중 하나인 낌새였다. 아무 일도 일어나지 않았다. 아무 일도 일어나지 않을 듯이 보였다. 그런데 성 게오르크는 열심히 계속 칼을 휘둘렀다.

"직원은 어디 있지?"

나는 물었다. 성 게오르크는 손을 멈추지도 나를 보지도 않고 예의 바르게 말했다.

"집에 갔습니다."

나는 창구 안쪽에서 우표 상자를 열어 항공우편 봉인 스티커, 속달 봉인 스티커를 뒤적거리다가 곧 내가 우표를 찾고 있음을 깨달았다. 우표는 없었다. 지금 바로 봉투를 보내야 하는데 우표가 없다. 나는 탁한 물속에서 몸부림치고 있는 '뭔가'를 다시 한번 지켜봤다.

"설마 그게 내 살점은 아니겠지."

나는 물었다. 그러자 성 게오르크는 "설마." 하고 쾌활하게 웃으며 기품 있게 대답했다.

그때 나는 무서운 사실을 알아챘다. 봉투가 없어진 것이다. 내가 손에 쥐고 있는 건 축축한 양탄자 조각이지 봉투가 아니었다. 나는 양탄자 조각을 발밑에 버리고 서둘러 뒷마당으로 나갔다. 아마 쓰레기 더미에서 잘못 집은 것 같다. 쓰레기 더미 쪽으로 급하게 가 보니 내 시야를 가리듯 누가 서 있었다. 좀 전의 남자가 에스프레소가 든 작은 커피 잔을 양손에 하나씩 들고 서 있었다. 잔에서는 김이 피어올랐다.

"무슨 일이지?"

먼젓번 친절한 목소리가 아닌, 깊이 잠긴 무서운 목소리였다.

"왜 창문에서 밖으로 도망쳤지?"

나는 다시 우체국으로 달려갔다. 변명을 해서 속일 수 있는 상황이 아니었다. 스타트는 민첩하게 끊었건만 뚝 하고 복사뼈에서 소리가 나면서 곧 넘어질 태세였다.

　　"넘어져 버려."

　　뒤에서 남자의 굵은 목소리가 들렸다. 나는 안 넘어졌다. 넘어지지 않고서 우체국으로 뛰어들었다. 좀 전의 성 게오르크는 이제 없었다. 그 대신 성 게오르크가 서 있던 곳의 탁한 물이 색깔이 바뀌어 거무스름한 붉은색이 돼 있었다. 나는 물을 튀기며 입구를 지나 밖으로 나왔다. 신발이 젖었고 끈이 조금 풀어져 막 벗겨질 참이었으나 내게 신발 끈을 다시 묶을 시간은 없었다. 나는 신발 끈이 풀린 채로 바다를 향해 뛰어갔다. 그쪽을 향한 이유는 내리막길이었기 때문이다. 이제 언덕을 뛰어 올라갈 힘은 없었고 그저 기계적으로 다리를 좌우로 움직이고 교대로 내밀며 언덕을 내려갔다. 곧 모래밭이 나올 것이다. 그래도 달리기를 멈추지 않으면 바다가 나오고 막바지에 이르게 된다. 양쪽에는 방파제와 숙박 시설이 막고 있어서 직진으로 달릴 수밖에 없는 나는 바다에 들어가야만 할지도 모른다. 설마 그러지는 않겠지만. 왜냐하면 나는 수영을 25미터밖에 하지 못하기 때문에. 아마 나는 바다에 들어가지 않고 어딘가로 도망가겠지. 그건 바다가 눈앞에 나타나야만 알 수 있다. 바다까지 앞으로 얼마나 더 가야 하나. 바다는 머나 멀지 않다. 나는 그런 생각들을 하며 계속 언덕 아래로 달려갔다.

◆ 이 소설에서 '나'가 번역한 작품은 안네 두덴(Anne Duden)의 「알파벳의 상처(Der wunde Punkt im Alphabet)」(『알파벳의 상처』, 함부르크, 로트부흐 출판사[Rotbuch Verlag], 1995년)이다.

(앞) 파올로 우첼로(Paolo Uccello), 「성 게오르기우스와 용(Saint George and the Dragon)」.
1470년경, 캔버스에 유채, 55.6×74.2cm. 런던국립미술관(The National Gallery) 소장.

(옆) 피에로 델라 프란체스카(Piero Della Francesca), 「성 미카엘(Saint Michael)」.
1469년, 포플러 합판에 유채, 133×59.5cm. 런던국립미술관 소장.

번역을 상징하는 이야기

『글자를 옮기는 사람』은 주인공이 한 섬에서「성 게오르크 전설」을 번역한다는 줄거리의 짧은 이야기다. 하지만 그 기본 줄거리 외에 주인공 '나'를 주어로 하는 여러 만남, 대화, 회상, 감각과 몸의 증상이 곁가지를 이루고 있어 소설을 읽는 동안 무엇이 기본 줄거리인지 잊어버린다. 더구나 형식상으로도 주인공이 작성 중인 번역문이 드문드문 튀어나와, 작품이 전체적으로 일목요연하지 않고 기본 줄거리마저 하나의 곁가지로만 남는다. 그런데 미로 같은 이 곁가지를 다 지나고 나면 바닷소리가 들리는 듯 시원하고, 숨 가쁜 모험이 끝난 것 같다.

대서양에 위치하고 아프리카에서 가까운 카나리아 지역의 한 화산섬에서 주인공 '나'는 친구의 가족인 내과 의사가 소유한 별장에 머무른다. 주인공에게는 숙제가 하나 있는데 바로「성 게오르크 전설」이란 기독교 설화를 번역하는 일이다. 이 숙제에 임하는 와중에 주인공은 번역에 대해 이런저런 생각을 한다. 전문 번역가 에이 씨와 달리 자기는 요령이 없고 단어 하나를 옮기는 데에도 힘이 부치고, 그렇지 않아도 번역료가 박한 업계 현실에서 주인공이 번역문을 완성해서 보내야 하는 출판사는 파산할지도 모른다. 또 막판이 돼야만 일을 시작하는 자신의 일하는 방식은 자기가 생각해도 한심스럽기 짝이 없다. 이런 상념들로 볼 때 주인공이 번역가로서 스스로에게 썩 만족하는 것 같지는 않지만, 주인공에게는 자기만의 독특한 번역관이 있다.

> 번역이란 것이 '건너편 강변에 건네는 것'이라면 '전체'쯤은 잊어버리고 이렇게 작업을 시작하는 것도 나쁘지 않다. 하지만 어쩌면 번역은 전혀 다른 것일지도 몰랐다. 이를테면 변신 같은. 단어가 변신하고 이야기가 변신해서 새로운 모습으로 바뀐다. 그리고 마치 처음부터 그런 모습인 양 아무렇지 않은 얼굴을 하고 늘어선다. 이렇게 하지 못하는 나는 분명히 서투른 번역가다. 나는 말보다 내가 먼저 변신할까 봐 몹시 무서울 때가 있다. (이 책 23쪽)

즉 번역은 원본이 다른 언어로 건너가는 것이 아니라 원본이 변신하는 움직임이다. 그러므로 번역문은 원본과 전혀 다른 새롭게 태어난 글이고 그 이질성만으로 충분히 원본과 다른 가치가 있다. 또한 번역은 글만 변신하는 움직임이 아니라 글을 쓰고 있는 사람도 변신하는 움직임이라는 말이 읽는 사람을 사로잡는다. 익숙치 않은 외국어를 나의 익숙한 언어로 옮기려면 단어 하나를 두고도 수없이 대조하고 연상해야 하는데, 대조와 연상은 글을 쓰는 사람의 정신적이고 물리적인 행위다. 머릿속으로 떠올려 보거나 손가락으로 사전이나 참고 서적을 뒤적거려 보는. 따라서 변신은 이 행위를 하는 동안 번역가가 어떤 곳에 도달했을 때의 상태를 말한다고 할 수 있다.

주인공은 섬에 머물면서 여러 섬 주민들을 만난다. 식품 가게 주인, 강아지를 안은 여자, 밀짚모자 행인, 우체국 직원, 아이스크림 장수, 생선 가게 주인 등. 섬의 사정을 잘 아는 식품 가게 주인과 생선 가게 주인은 주인공에게 섬의 무역 현황과 드래곤 바람의 심각함을 알려 주고 아이스크림 장수는 주인공의 의심과 큰 의미 없는 칭찬에 말을 멈춘다. 주인공은 강아지를 주겠다는 여자의 호의를 거절하고 우체국 직원에게 각별한 친밀감을 느끼며 밀짚모자 행인에게는 자기가 번역을 하는 사람이라고 괜한 이야기를 한 것 같다. 그런데 이렇게 현실적인 만남들 외에 비현실적인 만남이 하나 등장한다. 작가와의 만남이다. 주인공은 작가와 함께 걸으며 내면의 대화를 나눈다. 주인공은 작가와 나란히 걷거나 작가의 뒤에서 걷는데, 이 가상의 만남은 번역이 곧 번역가와 작가가 마주하는 과정임을 그리고 번역가가 "작가의 등 뒤에 숨어"(55쪽)서 작업하는 직업임을 상징한다. 이렇게 『글자를 옮기는 사람』에는 번역이 소재로서도 등장하지만 번역이라는 거대한 원관념이 자리하고 있다. 우리는 번역을 하는 주인공의 생각과 행동을 따라가고 있는 한편 주인공의 번역 작업 속에도 들어와 있다. 두 사람의 대화에서 작가는 나이 든 여성이라는 이유로 작품 활동을 포기시키려는 주위 사람들의 차별 어린 시선을 언급하고, 자신에게 고정된 작품 스타일이란 존재하지 않는다는 스스로의 생각을 말한다. "나이가 들었다고 모두들 여자이길 포기시키려고 해요. 그러니까 이제 소설 그만 쓰라는 거예요. (…) 어느 페이지를 보든 문체는 한 번만 나오니까 작품 스타일 같은 건 없어요."(58쪽)

주인공이 번역해야 하는 작품은 소설 말미에 나오듯이 독일 작가 안네 두덴이 쓴『알파벳의 상처』다. 이것은「성 게오르크 전설」의 그림을 보며 떠올린 단상을 글로 쓴 8쪽 분량의 소설로, 설화를 각색한 실험적 소설이다.「성 게오르크 전설」의 내용을 간략히 적으면 다음과 같다. 옛날에 아프리카 리비아에 양들을 잡아먹는 거대한 용이 있었다. 그러다 양이 다 사라지자 공주가 용의 제물이 돼야 했다. 게오르크는 지나가다가 그 이야기를 듣게 되고 만약 자신이 용을 해치우면 나라의 백성들이 기독교로 개종해야 한다고 말한다. 백성들은 동의했고 게오르크는 긴 창으로 용을 해치웠다. 이후 게오르크는 로마 황제 디오클레티아누스의 박해를 받고 참수형을 당했다. 라틴어로 하면 게오르기우스로 부를 수 있는 이 인물은 고대 로마의 군인이었던 것으로 알려졌으며 중세 유럽에서 편찬된『황금전설』이란 설화집에 실려 있다고 한다. 주인공 '나'가 별장에서 한참 찾지만 결국 못 찾은 책이기도 한『황금전설』은 기독교 성인들의 숭고 한 덕과 그들이 일으킨 기적을 이야기한 민간설화를 모은 책이다. 「성 게오르크 전설」을 형상화한, 말을 탄 성 게오르크가 창으로 용을 찌르는 장면은 유럽에서 여러 그림과 조각상으로도 남아 있다. 주인공이 「성 게오르크 전설」을 번역한다는 점 그리고 주인공이 머무르는 카나리아 섬이 15세기에 스페인이 식민지로 점령하고 기독교 개종을 강요했던 나라라는 점은 모두 유럽의 기독교 문명을 상대화하고 이 소설을 문명 이면의 이야기로 자리매김하게 한다. 하지만 주인공은 섬을 머나면 자연의 풍경으로 바라보는 자신의 시선을 경계한다. 문명이 휩쓸고 지나간 장소를 무해한 자연으로 대하는 태도 역시 그 장소에서 벌어지는 삶들을 지우는 일이다. "무심코 창밖으로 시선을 던졌을 뿐인데 관광객의 시선으로 바다를 보는 것 같아서 창피했다."(11쪽), "아름다운 청년을 보고 아름답다고 말할 수 없는 건 자유 침해지만 내가 그런 관광객이나 할 법한 말을 하려고 섬에 온 것도 아니고 설사 내가 아이스크림을 판다 해도 관광객이 그런 말을 했다면 기분이 좋지 않을 것 같았다."(54쪽) 햇볕이 내리쬐고 바다가 너울거리고 사람들이 농업과 무역에 의존해서 사는 아름답고도 각박한 섬을 어떤 이름으로 부르고 어떤 태도로 대해야 하는가는 주인공의 고민일 뿐만 아니라 읽는 사람에게도 던져지는 고민이다.

　　책 중간중간 시각적으로 이질적으로 배치된 주인공의 번역문은 독일어 단어를 그대로 옮겨서 나열했을 뿐 어순도 맞지 않고 뜻이 있는 문장을 이루지 못한다. 하지만 단어의 파편들 속에서 떠오르는 이미지들은 마치 「성 게오르크 전설」의 한 장면을 연출하는 것 같다. "목에 찔린 채"(11쪽), "가해자는 (…) 갑옷을 입고"(28쪽), "제물이, 한 마리, 든다"(31쪽), "죄 없는 양, 여성"(46쪽), "큰 뱀은"(49쪽). 번역문은 문장구조를 완성하지는 못하지만 용, 갑옷을 입은 게오르크, 잔혹하게 죽은 사람, 제물로 바쳐진 인간과 동물의 이미지가 어떤 긴박한 상황을 모자이크처럼 구성한다. 비록 단어가 뚝뚝 쉼표로 끊기고 뜻이 불분명한 번역이지만 바꿔 말하면 우리에게 상상의 여지를 많이 남긴다. 이렇게 언어의 마찰 속에서 상상의 실마리를 찾는 것이 바로 다와다 요코가 추구하는 번역이다. 위의 인용에서 번역을 변신에 비유했듯이 번역은 한 단어를 비슷한 뜻의 다른 단어로 교체하는 것이 아닌, 다른 뜻, 다른 역사적이고 문화적인 맥락, 다른 형태의 글자, 다른 소리와 그것이 불러일으키는 다른 느낌으로 변신하는 것이다. 어쩌면 원문 단어에 대응하는 비슷한 뜻의 번역문 단어가 존재하지 않을 수도 있다. 다와다 요코는 이렇게 번역이 맞아떨어지지 않아 틈새가 벌어지는 곳에서 새로운 발견을 하려고 한다. 옮긴이가 이전에 옮겼던 문학 에세이에서도 그러한 자기의 작품 세계를 밝힌 바 있다. "서로 다른 문화 사이의 다리를 건너는 것보다 빈틈을 발견하는 것이 더 중요

할 수도 있다고 생각했다."* 그리고 빈틈에서 하는 새로운 발견이란 이를테면 출발어와 도착어의 최초 모습을 찾아내는 발견이다. "[일본어의] '나날[月日]'을 [독일어의] '해와 달[Sonne und Mond]'로 풀이하듯, 오역으로 느낄 정도로 직역을 하는 것은 우리를 말의 원점으로 되돌린다. 또 오랫동안 비유로만 쓰여서 원점에서 멀어진 노쇠한 말을 다시 살려 낸다."**

주인공은 번역을 하며 고심한다. 작품의 인물들이 주인공에게 결단을 내리도록 요구하기 때문이다. "어디로 가도 세 가지 역할밖에 없으니까. 즉 성 게오르크든가 공주든가 용이든가. '저는 어떤 역할도 맡고 싶지 않아요. 저는 번역자니까요.' 하고 발뺌해도 그때만 괜찮지 조금 시간이 지나면 또다시 결단을 내려야 하는 순간이 온다. 정말이지 번역은 내내 결단을 내려야 하는 작업이다."(44-45쪽)에서처럼 어떤 인물의 입장에 서 있어야 하는지 망설이고, "역시 영웅은 없는 편이 낫다고 늘 생각하긴 했지만 영웅과 내가 어떤 관계여야 하는지는 아직 모르겠다."(28쪽)에서처럼 허구의 인물인 성 게오르크와 자신이 어떤 관계여야 하는지 자문한다. 번역 중인 작품은 주인공이 변신하도록 강제하고 주인공은 거기에 망설이거나 자문하는 반응을 보인다. 주인공을 괴롭히는 것은 비단 작품만이 아니다. 몸도 증상을 겪는다. 알레르

---

* 다와다 요코, 『여행하는 말들』, 돌베개, 2018년, 68쪽.
** 같은 책, 197쪽.

기가 있어서 손목과 팔꿈치가 계속 가렵고 신발에 돌멩이가 들어가서 발톱 아래 출혈이 생긴다. 입술도 부어서 아프고 비누로 감은 머리카락은 목과 등을 콕콕 찌른다. 즉 말과 말이 부딪쳐 융합되지 못하고 단어로만 뚝뚝 끊기는 불협화음의 번역은 주인공의 몸에도 스며들어 오작동을 일으킨다. 변신하는 움직임인 번역은 이렇게 글쓴이의 생각과 몸이 변신하도록 만든다. 글쓴이는 결국 머릿속으로도 몸으로도 어떻게든 글과 관계를 맺어야 하는데, 여기서 글은 곧 글쓴이와 같이 숨을 쉬는 유기체가 된다. 몸과 관련해 또 한 가지 알아챌 수 있는 부분은 특정한 몸의 부위가 자주 등장한다는 점이다. 번역문 속에서 제물이 된 동물의 입은 벌어져 있고, 주인공은 부은 입술을 만지작대고, 복숭아를 먹었더니 입술이 가렵다. 입이 벌어져 죽은 잔인한 장면이나 입술의 붓고 가려운 감각이 읽는 사람에게 여과 없이 전해진다. 입이라는 구체적 부위뿐만이 아니다. 입의 형태인 구멍 또는 알파벳 오(O)도 그 동그라미를 계속 연상시키면서 등장한다. 번역하는 작품 원문에 '희생자[Opfer]'란 단어가 나오자 주인공은 그것이 구멍으로 보여 만년필로 까맣게 칠한다. 머리를 묶었더니 두피 모공이 아프다. 작가와 내면의 대화를 나눌 때는 분화구를 걷는데 그 주위에는 화산으로 말미암아 구멍이 난 바위들이 즐비하다. 또 작가가 자기 얼굴에 상처가 있냐고 묻는데 주인공의 눈에는 "O 글자 모양을 한 동굴만 보일 뿐이었다"(19쪽). 이 입, 구멍,

알파벳 오가 무엇을 의미하는지는 정신분석의 측면에서 여러 가지 해석이 있을 수 있지만, 『글자를 옮기는 사람』의 핵심 주제가 변신과 불협화음의 번역임을 고려해 번역의 측면에서 해석하자면 완전함(뜻이 완전히 대응하는 번역)에 틈새를 내고 새로운 발견(빈틈을 드러내 단어의 다른 모습을 두드러지게 하는 번역)을 하는 시도를 의미한다고 해석할 수 있다.

　『글자를 옮기는 사람』에는 사람의 몸 외에도 동물역시 생생한 생명체로 등장한다. 이미 설화 속에서 용이성 게오르크와 공주와 같은 비중으로 등장한다. 주인공은 도로에서 우연히 카나리아를 만나는데 꼭 모르는 외국어를 말하는 지나가는 사람 같다. 밤에 작업을 할 때에는 고즈넉하니 창문의 도롱뇽과 단둘이 있다. 주인공이 쓴 다음 번역문은 마치 동물대백과처럼 동물의 이미지를 화려하게 펼쳐 놓는다. "도둑고양이 발톱을, 곰 가죽을, 악어 두개골을, 뱀 헛바닥을, 도마뱀 피부를, 아메리카악어의 꼬리를."(40쪽) 동물이 눈앞에 있는 것처럼 묘사가 구체적이고 생생해서 읽는 사람으로 하여금 동물을 살아 숨 쉬는 가까운 존재로 느끼게 한다. 이 외에도 초기 작품 『개 신랑 들이기』는 개 신랑이 등장하는 민담을 변형한 소설이고, 『눈 속의 에튀드』 같은 작품에서는 곰이 의인화되어 등장하기도 한다. 동물과 관련해 다와다 요코는 한 강연에서 자기의 작품 세계를 다음과 같이 드러낸 적이 있다. "동물은 민담 속에서 사람보다 뛰어

나거나 사람의 약점을 보완해 주는 것으로 등장한다."*
고 한 뒤, "유럽 문학은 동물이 주인공이면 아동문학이
된다. (…) 프란츠 카프카는 예외에 속하는데 [나는] 아
시아의 풍부한 신화 세계에서 그러한 예외적 흐름에 접
근하는 작가"**로 세계문학 속에 자리매김하고 싶다고 말
했다. 이 책에서도 「성 게오르크 전설」을 활용했듯이 설
화를 편집한 듯한, 번역한 듯한 다와다 요코의 작품은 모
자이크 무늬가 들어간 하나의 소품 같다. 동물을 인간 사
회의 배경이 아닌, 인간이 살아가는 조건으로서 새롭게
조망하고 있는 요즘 동양 신화에서는 동물이 주역으로
나온다는 말이 의미심장하게 들린다. 하지만 서양과 동
양을 문명과 자연으로 구분하는 것은 오리엔탈리즘이기
도 하기에, 동물의 귀환을 서양과 동양을 대조하는 기준
으로 삼는 걸 넘어 서양과 동양, 문명과 자연을 구분하는
기준 자체를 묻는 계기로 끌고 가야 할 것이다.

　『글자를 옮기는 사람』의 후반부에 다다르면, 다시
말해 주인공이 번역을 다 마치면 우리는 전혀 다른 이
야기를 만난다. 주인공이 앞서 "불쑥 나오는 것이 있어
요."(29쪽)라고 암시했듯이, 여러 명의 성 게오르크가 갑
자기 등장하고 주인공은 그들에게 쫓기는 긴박감 있는

---

*　다니구치 사치요(谷口幸代), 「다와다 요코 강연 보고(多和田葉子氏公開講演會報
告)」, 『비교일본학교육 연구(比較日本學教育研究センター研究年報)』, 12권, 오차노미
즈 여자 대학교 비교일본학교육 연구 센터(お茶の水女子大學比較日本學教育研究セン
ター), 2016년, 163쪽.
**　같은 책, 164쪽.

이야기가 펼쳐지는 것이다. "나는 부엌으로 달려가서 수 돗물을 여러 잔 마셨다. 그리고 부엌 식탁에 엎드려 삼십 을 셀 동안 자기로 했다. 삼십까지 다 세면 원고지를 접 어서 봉투에 넣은 다음 수신인 이름을 쓰려고 했다. 그 런데 삼십을 다 세고 일어서자 날이 밝았다."(67쪽) 이 후 주인공은 원고지를 부치러 우체국에 가는 동안 아슬 아슬하고 잔혹한 모험을 한다. 평상시에 주인공은 섬에 서 홀로 번역을 하며 단조롭고 고립된 생활을 했다. 교회 에 들어가 보고 가게에 빵과 치즈를 사러 가고 바닷가에 가고 우체국 직원과 수다를 떨며 근처를 맴도는 것이 전 부였다. 그런데 번역의 마지막 단계인 원고 부치기에 이 르면 소년 한 명과 성 게오르크 셋이 우르르 마초로 등 장하고 한적했던 장소들은 급박한 상황 속에서 도피처 가 된다. 주인공의 회상에 등장하는 정체불명의 과거의 게오르크는 주인공에게 번역을 그만두라고 종용한 적이 있다. 후반부의 성 게오르크들과 소년은 모두 잔인무도 한 행동을 하고 주인공에게 해를 끼친다. 과거의 게오르 크, 성 게오르크들, 소년은 각각 다른 인물이지만 주인 공을 방해하는 면에서 서로 닮은 형제들이기도 하다. 주 인공이 우체국으로 원고를 부치러 가는 도중에 만난 첫 번째 인물인 소년은 칼로 거북이를 때리고 주인공을 꼬 집는다. 두 번째로 만난 성 게오르크는 그 소년과 얼굴 이 닮았고 알고 보니 아이스크림 장수였고 주인공의 살 점을 베어 낸다. 세 번째로 마주친 성 게오르크는 원고를 넘기라며 위협하고 주인공은 이를 피해 도망가다가 쓰레기 더미에 빠진다. 네 번째 성 게오르크는 주인공이 쓰레기 더미에서 나와 우체국으로 가자 주인공의 살점인지도 모를 형체를 칼로 찌르고 있었다. 주인공은 이윽고 이들에게서 벗어나 바다를 향해 뛰어가는데 가장 중요한 원고 봉투를 잃어버렸다. 결국 원고는 부치지 못한다. 하지만 주인공이 달려가는 마지막 모습에서 불안이나 위기보다는 탈출의 기쁨과 안도감이 느껴진다. 번역을 방해하는 사람들에게서 탈출한 기쁨이고 번역을 다끝낸 뒤의 안도감이다. 그리고 바다로 들어갈지 말지 망설이는 모습에서 옮긴이는 주인공이 여전히 번역 작업속에 머무르고 있음을 느꼈다. "번역은 내내 결단을 내려야 하는 작업"(45쪽)이기 때문이다. 후반부 소동은 주인공이 자고 난 뒤에 일어난 것으로 보아 주인공의 꿈으로 읽을 수도 있고, 『이상한 나라의 앨리스』처럼 주인공이 번역하는 과정에서 품은 환상 속 변신으로 읽을 수도 있다. 꿈이라면 주인공은 꿈속에서도 망설이고 있는 것이고, 『글자를 옮기는 사람』은 그렇게 "결단을 내려야 하는 작업"인 번역을 상징하며 끝나는 소설이다.

다와다 요코는 글로 작품을 쓸 뿐만 아니라 음악 연주를 더한 낭독 공연도 하면서 몸으로도 작품을 느낄 수 있는 활동을 한다. 또한 다른 예술가들과 함께 아티스트 북을 만들거나 일본어와 독일어를 나란히 실은 책을 출판

하면서 글자 형태와 책의 외양을 시각예술로 표현하기도 한다. 어쩌면 소설가보다 예술가라는 명칭이 더 어울릴지도 모르겠다. 하지만 글만이 할 수 있는 것이 있다고 생각하는 옮긴이는 『글자를 옮기는 사람』이 글만이 할 수 있는 것을 응축한 소설이라고 느꼈다. 이 소설은 번역문을 평면에 간간이 드러내 보이면서 이야기의 생략된 부분과 전체 상을 상상하게 했고, 주인공이 몸으로 느끼는 가려움이나 아픔을 묘사만으로 읽는 사람의 것인 듯 느끼게 했다. 번역가에 대한 이야기와 번역가가 쓰는 번역문이 이중의 이야기로 입체적으로 엮이면서 번역이라는 큰 원관념을 엮은 모습 또한 글이 평면에서 보여 줄 수 있는 우주였다. 다와다 요코는 다른 사람이 이야기를 하게끔 만드는 글을 쓰는 작가라는 생각이 든다. 바통을 건네는 릴레이 선수처럼. 이 책도 읽는 사람에게 글자, 글, 번역이라는 바통을 건네고 그것을 이야기하게 한다.

번역과 출간에 많은 도움을 주신 김뉘연 편집자에게 깊은 감사의 말씀을 드린다. 진득하고 자세하게 원고를 읽어 주셨다. 옮긴이의 제안이 '제안들'이 되어 큰 영광이다.

유라주

다와다 요코 연보

1960년 — 도쿄 나카노에서 태어남.

1965–76년 — 도쿄 구니타치로 이사해 구니타치 제5초등학교와
제1중학교를 다닌다.

1975년 — 다치카와 고등학교에 입학해 제2외국어로 독일어를
배운다. 문예부에서 문집을 내고 관악합주단 서클에 참여하고
유화 수업을 받는 등 여러 가지 활동을 한다. 고등학교 3학년 때는
소설을 자비로 출판해 근처 서점에 유통했다.

1978년 — 와세다 대학교 제1문학부 입학. 와세다 대학교 어학
연구소에서 독일어를 공부하고 동료들과 문집을 다수 펴낸다.

1979년 — 재학 중에 시베리아철도로 유럽에 간다.

1982년 — 와세다 대학교 제1문학부 러시아문학과 졸업. 러시아
시인 벨라 아흐마둘리나(Бе́лла Ахмаду́лина) 연구로 졸업논문을
쓴다. 3월 초에 일본을 떠나 인도에서 한 달간 체류한다. 이후
유럽으로 가 구 유고슬라비아, 이탈리아 등을 두 달 동안 방랑한다.
5월, 함부르크에 있는 서적 수출·유통 회사에 취직한다. 독일로
이주한 뒤 초기에는 시를 많이 쓴다. 2006년까지 함부르크에 거주.

1987년 — 첫 작품인 시집 『네가 있는 곳에만 아무것도 없다』를
독일 출판사에서 펴내며 데뷔. 시 19편과 단편소설 한 편으로

이루어졌고 일본어와 독일어가 나란히 쓰였다. 다와다 요코가 일본어로 먼저 쓰고 일본 문화 연구자 페터 푀르트너(Peter Pörtner)가 독일어로 번역했으며, 출간 후 함께 시를 낭독했다. 함부르크 대학교에 다니기 시작함.

1989년 — 일본어로 쓴 소설 『비늘 인간(うろこもち)』을 페터 푀르트너가 독일어로 번역한 『목욕탕』 출간. (『비늘 인간』은 출간되지 않음.) 이후 『목욕탕』은 2015년 독일에서 일본어와 독일어가 나란히 쓰인 판본으로 재출간됐다.

1990년 — 함부르크 대학교에서 독일 문학 석사 학위 취득. 함부르크에서 수여하는 문학 장려상 수상.

1991년 — 『유럽이 시작하는 곳』 출간. 시와 소설로 이루어졌으며 일본어와 독일어가 나란히 쓰였다(페터 푀르트너 번역). 일본어로 쓴 단편소설 「발뒤꿈치를 잃고서」로 군조신인문학상 수상.

1993년 — 첫 희곡 「밤에 빛나는 학 가면」이 매년 오스트리아 그라츠에서 열리는 가을 축제의 의뢰로 집필되고 공연됨.

1994년 — 함부르크에서 수여하는 레싱 장려상 수상.

1996년 — 바이에른 예술 아카데미가 독일어로 문학작품을 쓴 활동을 치하하며 수여한 아델베르트 폰 샤미소상을 수상함. 10월부터 11월까지 입주 작가로서 미국 로스앤젤레스 빌라 오로라에 체류함.

1997년 — 스페인 마드리드에서 극단 라센관이 『글자를 옮기는 사람』과 단편 「무정란」을 연극으로 초연함.

1998년 — 튀빙겐 대학교에서 시학 강의 시작. 강의 내용이 '변신'이라는 제목의 책으로 출간됨. 하노버에서 극단 라센관이 희곡 「틸」을 초연함.

1999년 — 2월부터 5월까지 미국 매사추세츠 공과대학의 초대로 입주 작가로서 활동함.

2000년 — 취리히 대학교에서 독일 문학 박사 학위를 취득함. 도쿄에서 극단 라센관이 희곡 「산초 판사」를 초연함.

2001년 — 일본 안톤 체호프 연극제에서 재즈 피아니스트 다카세 아키(高瀬アキ)와 함께 「피아노 갈매기/목소리 갈매기」를 공연함. 다와다 요코는 낭독을, 다카세 아키는 피아노 연주를 맡았다.

2003년 — 3월, 나고야 시립 대학교에서 '엑소포니(Exophonie)'라는 제목으로 강연함.

2004년 — 4월 한 달 동안 미국 켄터키 대학교의 초대로, 11월부터 12월까지 뉴욕 대학교 독일 연구소의 초대로 입주 작가로서 활동함. 일본 러시아문학회 주최로 열린 안톤 체호프 서거 100주년 기념 국제 심포지엄 「21세기의 체호프」에 토론자로 참가함.

2005년 — 독일 문화원이 수여하는 훈장인 괴테 메달 수상. 나고야 시립 대학교에서 열린 「경계를 넘는 작가 포럼」에 참가함.

2006년 — 베를린으로 거처를 옮김.

2008년 — 3월부터 4월까지 세인트루이스 워싱턴 대학교의 초대로 입주 작가로서 활동함.

2009년 — 2월 한 달간 미국 스탠퍼드 대학교의 초대로, 4월 한 달간 코넬 대학교의 초대로 입주 작가로 활동함. 국제적 작품 활동을 치하해 와세다 대학교가 수여한 쓰보우치 쇼요 대상 수상.

2011년 —『수녀와 큐피드의 활』로 교토에서 여성 작가에게 수여하는 무라사키 시키부 문학상 수상.

2013년 — 일본 주오 대학교에서 '"파괴된 마을과 동물"이라는 문화'라는 제목으로 낭독, 강연.

2014년 — 한국 문학 번역원 주최로 열린 2014 서울 국제 작가 축제에서 낭독하고, '내 문학 속의 에로스와 꿈'을 주제로 황정은 작가와 대담함. 주오 대학교에서 '일상 속 언어 관찰과 시의 언어'라는 제목으로 낭독, 강연.

2015년 — 뉴욕 대학교 독일 연구소에서 현대시학 의장을 맡아 1년 동안 "동물은 어떻게 생각하는가?"라는 주제로 '시학과 이론' 세미나를 진행함. 주오 대학교에서 '유럽의 위기, 일본의 위기 그리고 말놀이'라는 제목으로 낭독, 강연. 오차노미즈 여자 대학교에서 '개 신랑에서 흰곰으로: 책이라는 이상한 동물'의 제목으로 강연함.

2016년 — 독일의 문학상인 클라이스트상 수상. 주오 대학교에서

'인간을 그만두고 싶은 문학'이라는 제목으로 강연함. 극단
시타타메가 교토에서 『글자를 옮기는 사람』을 연극으로 초연함.

2017년 — 독일 학술 교류처의 지원으로 영국 옥스퍼드 대학교에서
약 2주간 입주 작가로 활동함. 『눈 속의 에튀드』 영어 번역판으로
영국 워릭 대학교가 수여하는 여성 작가 번역문학상 수상. 주오
대학교에서 '일본 바깥에서 살다'라는 제목으로 낭독, 강연. 예술
극장 카이에서 다카세 아키와 함께 「마야코프스키」를 공연함.

2018년 — 독일 문학상인 카를 추크마이어 메달 수상. 『헌등사』로
전미 도서상 번역 부문 수상. 일본 국제 교류 기금이 수여하는 국제
교류 기금상 수상. 주오 대학교에서 '다언어를 살다'라는 제목으로
강연함. 예술 극장 카이에서 다카세 아키와 함께 「존 형사의 실험
기록」을 공연함. 예술 공간 코티지에서 '목소리에 끌린, 지구에
아로새겨진'이라는 제목으로 낭독, 토크. 극단 시타타메가 두
번째로 『글자를 옮기는 사람』 연극을 도쿄에서 올림.

2019년 — 주오 대학교에서 '『수녀와 큐피드의 활』에 대해서'라는
제목으로 낭독, 강연. 예술 극장 카이에서 다카세 아키와 함께
「햄릿 기계」를 공연함.

2020년 — 아사히 신문 문화 재단이 수여하는 아사히상 수상. 일본
정부가 수여하는 문화 훈장 자주색 리본 메달 수상. 2010년부터
2020년까지 매년 11월에 다카세 아키와 함께 와세다 대학교에서
「다와다 요코, 다카세 아키의 퍼포먼스와 워크숍」을 진행했다.

작품 목록

일본어

1992년

중편집 『세 사람의 관계(三人関係)』(「발뒤꿈치를 잃고서
[かかとを失くして]」[1991년 군조 신인 문학상] 수록)

1993년

중편집 『개 신랑 들이기(犬婿入り)』(「개 신랑 들이기」[1993년
아쿠타가와 류노스케상] 수록)

중편소설 『알파벳의 상처(アルファベットの傷口)』(1999년 '글자를
옮기는 사람[文字移植]'이라는 제목으로 재출간)

1996년

장편소설 『성녀 전설(聖女伝説)』

단편집 『고트하르트 철도(ゴットハルト鉄道)』

1998년

단편집 『여우 달(きつね月)』

장편소설 『비혼(飛魂)』

단편집 『입이 두 개 뚫린 남자(ふたくちおとこ)』

1999년

산문집 『서툰 말로 중얼중얼(カタコトのうわごと)』

2000년

단편집『데이지꽃 차의 경우(ヒナギクのお茶の場合)』(2000년
　　　이즈미 교카상)

단편집『빛과 젤라틴의 라이프치히(光とゼラチンのライプチッヒ)』

희곡집『산초 판사(サンチョ・パンサ)』

2001년

단편집『변신을 위한 마약(変身のためのオピウム)』

2002년

단편집『용의자의 야간열차(容疑者の夜行列車)』(2003년 다니자키
　　　준이치로상, 이토세이 문학상)

단편집『구형 시간(球形時間)』(2002년 분카무라 되마고상)

2003년

산문집『여행하는 말들: 엑소포니, 모어 바깥으로 떠나는
　　　여행(エクソフォニー ── 母語の外へ出る旅)』

2004년

장편소설『벌거벗은 눈의 여행(旅をする裸の眼)』

2006년

시집『우산의 사체와 나의 아내(傘の死体とわたしの妻)』

단편집『바다에 떨어뜨린 이름(海に落とした名前)』

단편집『아메리카: 무도한 대륙(アメリカ ── 非道の大陸)』

2007년

산문집『녹는 거리, 비치는 길(溶ける街透ける路)』

2008년

대화집『경계에서 춤추다: 서울―베를린, 언어의 집을 부수고 떠난
　　　유랑자들(ソウル ― ベルリン 玉突き書簡―境界線上の対
　　　話)』

2009년

장편소설『보르도의 친척(ボルドーの義兄)』

2010년

장편소설『수녀와 큐피드의 활(尼僧とキューピッドの弓)』(2011년
　　　무라사키 시키부 문학상)

2011년

장편소설『눈 연습생(雪の練習生)』(2011년 노마문예상)

2012년

장편소설『뜬구름 잡는 이야기(雲をつかむ話)』(2013년 요미우리
　　　문학상, 문부과학대신상 문학 부문)

2013년

산문집『말과 함께 걷는 일상(言葉と歩く日記)』

2014년

장편소설『헌등사(献灯使)』(2018년 전미 도서상 번역문학 부문)

2017년
단편집『백 년의 산책(百年の散歩)』
시집『슈타이네(シュタイネ)』

2018년
장편소설 3부작 1편『지구에 아로새겨진(地球にちりばめられて)』
단편집『구멍 뚫린 에프의 첫사랑 축제(穴あきエフの初恋祭り)』

2019년
시집『아직 미래(まだ未来)』

2020년
장편소설 3부작 2편『별빛이 아련하게 비치는(星に仄めかされて)』

독일어

1987년
시집『네가 있는 곳에만 아무것도 없다(Nur da wo du bist da ist
    nichts)』

1989년
중편소설『목욕탕(Das Bad)』

1991년
시집『유럽이 시작하는 곳(Wo Europa anfängt)』

1993년

중편소설『손님(Ein Gast)』

희곡집『밤에 빛나는 학 가면(Die Kranichmaske die bei Nacht
    strahlt)』

1994년

단편집『여행 중인 문어(Tintenfisch auf Reisen)』

아티스트 북『거울 이미지(Spiegelbild)』

1996년

산문집『부적(Talisman)』

아티스트 북『책 한 권 시 한 편(Ein Gedicht in einem Buch)』

1997년

꿈의 텍스트『그러나 귤은 오늘 밤 안으로 탈취되어야 한다(Aber
    die Mandarinen müssen heute abend noch geraubt
    werden)』

희곡집『계란 속의 바람처럼(Wie der Wind in Ei)』

1998년

튀빙겐 대학교 시학 강의록『변신(Verwandlungen)』

아티스트 북『열셋(Dreizehn)』

라디오드라마, 희곡집『오르페우스와 이자나기, 틸(Orpheus oder
    Izanagi, Till)』

2000년
단편집 『오비디우스를 위한 마약: 스물두 명 여인들의 베갯머리
　　　서책(Opium für Ovid: Ein Kopfkissenbuch von 22
　　　Frauen)』

2002년
산문집 『외국 방언(Überseezungen)』
오디오 북 『대각선(diagonal)』(다카세 아키와 공동 녹음)

2004년
장편소설 『벌거벗은 눈(Das nackte Auge)』

2005년
오페라 대본 『비는 우리 삶에서 무엇을 바꾸나요?(Was ändert der
　　　Regen an unserem Leben?)』

2007년
산문집 『언어 경찰과 다언어 놀이(Sprachpolizei und
　　　Spielpolyglotte)』

2008년
장편소설 『보르도의 친척(Schwager in Bordeaux)』

2009년
아티스트 북 『특수 기호 유럽(Sonderzeichen Europa)』

2010년

시집『독일어 문법의 모험(Abenteuer der deutschen
　　　Grammatik)』

2012년

함부르크 대학교 시학 강의록『낯선 물(Fremde Wasser)』

2013년

희곡집『내 작은 발가락은 한 단어였다(Mein kleiner Zeh war ein
　　　Wort)』

2014년

장편소설『눈 속의 에튀드(Etüden im Schnee)』

2016년

산문집『악센트 없는(akzentfrei)』
산문시『무심한 저녁을 위한 발코니 자리(Ein Balkonplatz für
　　　flüchtige Abende)』

2018년

장편소설『헌등사(Sendboten-o-te)』

참고: 다와다 요코 웹 사이트(yokotawada.de)

워크룸 문학 총서 '제안들'

일군의 작가들이 주머니 속에서 빚은 상상의 책들은 하양
책일 수도, 검정 책일 수도 있습니다. 이 덫들이 우리 시대의
취향인지는 확신하기 어렵습니다.

제안들 37

다와다 요코
글자를 옮기는 사람

유라주 옮김

초판 1쇄 발행. 2021년 4월 5일
2쇄 발행. 2023년 7월 31일

발행. 워크룸 프레스
편집. 김뉘연
제작. 세걸음

워크룸 프레스
03035 서울시 종로구
자하문로19길 25, 3층
전화. 02-6013-3246
팩스. 02-725-3248
메일. wpress@wkrm.kr
workroompress.kr

ISBN 979-11-89356-52-1 04800
978-89-94207-33-9 (세트)
13,000원

옮긴이. 유라주 — 1980년 출생. 단국대학교 법학과를 졸업하고 히토쓰바시 대학원 언어사회연구과에서 「통치성으로 본 한국 시민사회의 형성과 전개」(2016)로 박사 학위를 받았다. 주로 여성과 소수자의 문제에 관심이 있으며 이 관심을 바탕으로 쓴 논문으로 「Author as Discourse: African American Women's Autobiographies」(2021), 「'사회적인 것'으로서 재생산노동과 일본 개호보험제도」(2020), 「다문화주의, 대항공론장, 공통세계」(2018)가 있다. 『할머니들의 야간중학교』, 『여행하는 말들』, 『개 신랑 들이기』 등을 한국어로 옮겼다.